열여덟,
너의 존재감

# 열여덟 너의 존재감

박수현 장편소설

르네상스

차 례

**프롤로그 지켜본다, 이름 없이** · 006

## 1부 이순정

心봤다? · 022
내 마음은 답답합니다. · 031
사실은 화가 납니다. · 041
내 마음은 쪽팔립니다. · 054
내 마음은 미안합니다. · 064
내 마음은 당황스럽습니다. · 081
이 마음이 지나가기를 바랍니다. · 090

## 2부 그림자

내 마음은 멍합니다. · 100
내 마음은 싫은 게 많습니다. · 108
내 마음은 그만 속아 넘어가고 싶습니다. · 115
내 마음, 나도 모르겠습니다. · 124

## 3부 강아지

내 마음은 두근두근합니다. · 134
내 마음은 두렵습니다. · 145
내 마음은 가볍습니다. · 162
내 마음은 뿌듯합니다. · 177

**에필로그 나의 존재감** · 194

작가의 말 · 206
추천사 · 212

프롤로그
# 지켜본다, 이름 없이

"아오, 빡쳐!"

"미친 거 아니야? 개학이 일주일이나 남았는데 학교 나와서 자습하라는 게 말이 돼? 날도 추워 죽겠는데!"

맞다. 짱나서 미칠 일이다. 황금 같은 방학이 일주일이나 남았는데, 갑자기 학교에 나오라고? 나와서 아침부터 저녁까지 자습을 하라고? 나도 황당하다. 하지만 불평은 하지 않는다. 까라면 까는 거, 그게 내 역할이다. 학교에서 나오라면 나오는 거다. 학생이 뭔 힘이 있나? 하물며 나 같은 애는 무조건 시키는 대로 하는 게 정답이다. 학교에서든 집에서든 머릿수 채워 주는 게 내 역할이니까. 있을 때는 있는 줄 모르고, 있어야 할 때 없어야 비로소 존재가 드러나는 인간, 그게 바로 나다. 존재하지 않을 때 비로소 존재감이 생기는 이 서글픈 아이러니.

앞문이 열린다. 어라? 생전 처음 보는 여자가 들어선다. 서른 초반이나 중반쯤? 키는 크고 몸매는 통통한 편. 예쁘기보다는 귀염

성 있는 얼굴이다. 용광로처럼 들끓던 아이들이 잠잠해진다. 처음 보는 여자가 교실을 한 바퀴 휙 둘러보더니 입을 연다.
"니들이 2학년 3반이구나. 얘들아, 안녕. 내가 누구게? 내가 니들 담임이랜다. 깜짝이지? 나도 깜짝이다. 니들 개학하기 전까지 일주일간 자습한다며? 근데 난 안 나올 거야. 왜냐? 나 아직 이 학교 선생 아니야. 정식으로 발령장을 안 받았거든. 그러니까 담임 기다리지 마. 아, 니들도 싫으면 도망가. 그 대신 책임은 알아서들 져야 한다. 그리고 이 학교 휴대폰도 걷는다며? 난 안 걷을 거. 완전 귀찮아. 괜히 걸리지 말고 알아서 조심히 써. 그럼 나중에 보자."
이게 뭔…… 시추에이션?
담임이라는 여자, 그 얘기만 남기고는 나가 버린다. 생글생글 웃으면서.
"완전 개 또라이……."
누군가 말한다. 완전 맞는 말이다. 근데 피식 웃음이 나온다. 어처구니없으면서도 어쩐지 가슴 한쪽이 시원해진다. 나만 그런 게 아닌 모양이다. 여기저기서 쿡쿡 웃는 소리가 터져 나온다. "쿨하네!" 하고 쿨하게 내뱉는 소리도 들린다. 30초도 안 되는 사이에 그토록 강렬한 인상을 남긴 사람은 처음이다. 진짜 미친 존재감이다. 나한테는 손톱 밑의 때만큼도 없는 존재감.


영원히 이어질 것 같던 저주받은 일주일이 지나갔다. 반 전체가 일주일 내내 도망 한 번 안 가고 꼬박꼬박 나왔다. 아이들이 부당하고 따분한 자습 기간을 군소리 없이 견뎌 낸 건 묘한 기대감 때문이었지 싶다. 담임을 다시 만날 날이 곧 돌아온다는…… 기대감? 지난 일주일 사이, 담임은 '또라이'가 아니라 '쿨샘'이라는 별명을 얻었다. 보기 드물게 쿨하다고 쿨샘이라고들 부르는데, 글쎄…… 과연 그럴까? 아무튼 다들 기대에 부풀어 담임을 기다리는 듯했다.

지금 그 담임이 눈앞에 있다. 정치 담당이란다. 첫 조회 시간, 애들이 쿨샘이라고 부르는 담임이 입을 연다.

"지금부터 우리 반 교실에선 무슨 짓을 해도 다 괜찮다. 니들 아침밥 잘 안 먹지? 안 먹어서 몸뗑이 아프면 본인만 손해여. 그러니까 집에서 못 먹고 오면 학교에서라도 먹어. 그래도 괜찮아."

"진짜요?"

누군가 못 믿겠다는 듯 반문한다. 담임이 대답한다.

"야, 이년들아! 내가 뭐 얻어먹을 게 있다고 니들한테 뻥을 치겄냐. 그냥 먹어. 그리고 지난번에도 말했지만 난 휴대폰 안 걷는다. 알아서 잘 써. 괜히 걸려서 혼나고 다니지 말고."

이년들아. 하도 자연스러워서 '얘들아'라고 말한 줄 알았다. 3초쯤 지나고, 강이지가 나선다.

"에이, 선생님. 욕을 하시면 어떡해요."

담임이 한쪽 입꼬리를 치켜 올리며 말한다.

"하이고! 언제부터 이년이 욕이셨어요? 내숭 떨기는. 시끄러, 이년아!"

여기저기서 키득거린다. 담임이 발음하는 '이년'은 입에 짝짝 달라붙어서 감칠맛까지 난다. 키득거리는 저 웃음소리는 이상하게 정감 가는 그 말투를 기꺼이 받아들이겠다는 대답이나 다름없다.

"다 괜찮은데 말이다, 몇 가지만 부탁하자."

담임이 말을 잇는다. 아이들이 놀라운 집중력으로 담임을 쳐다본다.

"다른 잔소리는 필요 없을 것 같고, 나는 적어도 우리 반에서 불공평한 일은 없었으면 좋겠다. 이를테면 사물함 정하는 거. 나는 적어도 서너 달에 한 번씩은 사물함을 서로 바꿨으면 한다."

뜬금없는 소리다. 사물함이야 한 번 정하면 1년 내내 그대로 가는 게 관례이지 않나.

"고작 사물함 가지고 뭘 그러나 싶겠지만, 난 그런 게 중요하다고 생각한다. 맨 윗줄에 있는 사물함이 가장 편한 건 다들 알 거다. 반대로 맨 아랫줄 사물함을 쓰는 사람은 번번이 몸을 굽혀야 하잖아. 편한 사람은 1년 내내 편하고, 불편한 사람은 1년 내내 불편하게 지내는 거, 그거 너무나 불공평하지 않냐? 니들도 불공평한 건 싫잖냐? 그러니까 니들끼리 의논해서 모두 공평하게 쓸 방법을 찾아 봐."

아이들이 잠자코 고개를 끄덕인다. 그러고 보니 사물함에도 등급이 있었네. 맨 윗줄은 상류층, 맨 아랫줄은 하류층. 그런 생각은 한 번도 안 해 봤는데, 사물함을 정하는 데도 권력이 작용하려면 얼마든지 작용할 수 있었구나. 여태껏 일등부터 순서대로 사물함을 고르라는 선생이 없었던 게 더 놀랍다.

"다음은 자리 배치. 앞줄을 좋아하는 사람도 있을 거고, 뒷줄을 좋아하는 사람도 있겠지. 앉다 보면 바꾸고 싶을 때도 있을 거고. 그러니까 니들끼리 충분히 합의해서 자리를 정했으면 한다. 단, 공평하게."

흠, 몹시 정의로운 성격이신가? 내가 학교를 너무 오래 다녔나 보다. 내 평생 이렇게 평등과 정의가 강물처럼 흐르는 교실을 보게 될 줄이야. 하지만 예감이, 어떤 예감이 스멀스멀 번진다. 꽤 귀찮은 일이 벌어질지도 모른다는 예감이랄까. 나 같은 인간은 그냥 살던 대로 살게 내버려 두는 게 편한데…….

"휴대폰은 정말 안 걷으실 거예요? 그럼 선생님이 곤란해지실 텐데요?"

누군가 묻는다.

담임이 한숨을 푹 내쉬고 대답한다.

"이년들아, 열여덟 살씩이나 먹은 것들이 휴대폰 뺏는다고 안 쓰냐? 니들은 앞으로 평생 휴대폰을 끼고 살아야 하는 세대야. 그런 걸 강제로 빼앗는다고 쓸 걸 안 쓰겠냐? 알아서 관리해야지. 그래서 안 걷는 거야. 단, 규칙은 규칙이니까 학교에서 쓰다가 걸리지 마. 걸려서 다른 선생님들한테 뺏기는 것까지 내가 어떻게 해 줄 수는 없어. 걸리는 것들은 아직 똥오줌 못 가리는 것들 취급할 겨. 안 걷는다고 내가 욕먹는 거야 어쩔 수 없지 뭐. 이것은 나으 신념이여! 귀찮아서 생긴 신념! 어쨌건 니들이나 걸리지 마."

휴대폰 쓰다가 걸리지 않을 책임, 그런 책임이라면 가볍게 짊어질 자신 있다.

담임이 느닷없이 비척거리는가 싶더니, 교탁에 팔꿈치를 대고 이마를 짚는다. 여기저기서 "선생님!" 소리가 튀어나온다. 그러자 담임이 갑자기 눈을 치뜨더니 새침한 표정을 지으며 천연덕스럽게 지껄인다.

"아, 나 너무 멋있지 않냐? 너무 장시간 멋있었더니 토 나오려고 헌다."

와르르 웃음이 터진다. 단단한 종아리와 굳건한 허리. 몸매로만 보자면 사흘을 굶고도 운동장 열 바퀴는 거뜬히 돌고도 남을 여자다. 그런 사람이 입에 올릴 만한 소리가 아니다.

"이것들이 왜 웃고 지랄이야! 아, 심신이 허약한 관계로 한마디만 더 보탤 테니까 잘들 들어라."

다들 웃음기가 가시지 않은 얼굴로 담임을 쳐다본다.

"내가 담임으로서 추구하는 목표는 공존과 배려가 있는 학급이다. 공평하게 생활하는 게 공존, 이기적으로 굴지 않는 게 배려. 이를테면 아침에 교실에서 밥을 먹든 책을 읽든 다 좋은데 떠들지는 마라. 아침을 조용히 시작하고 싶은 친구들도 분명히 있을 테니까 그것도 배려하자는 소리야. 알겠니?"

"네."

애들이 입을 모아 대답한다. 이건 뭔가? 애들 얼굴은 어제나 오늘이나 똑같은데 달라진 게 있다. 뭔가…… 색다른 생기 같은 것?

집중력도 엄청나다. 보기 드문 모습이다.

담임이 그 말을 끝으로 문을 열고 나가……는가 싶더니 다시 얼굴을 내밀고 말한다.

"괜찮아. 공부는 못해도 괜찮아. 난 공부는 못해도 잘 노는 애들이 좋아. 시간 나면 운동장 나가서 놀아. 우리 반은 체육반이여. 으아, 체육 대회여 어서 오라! 공부 못해도 괜찮다니까, 렛 잇 비! 워워, 아름답고 즐거운 나락 고등학교 2학년 3반 화이링!"

담임이 주먹을 불끈 쥐어 보이고 문밖으로 사라진다.

나락 고등학교. '아름다울 나(娜)' 자에 '즐거울 락(樂)' 자를 써서 아름답고 즐거운 학교라는 뜻이란다. 이곳에서 교육을 받은 뒤, 세상에 나가 배고픔을 채워 주는 황금 들판의 나락 같은 존재가 되라는 숨은 뜻도 있단다.

설립 당시에는 어땠는지 몰라도 지금은 말 그대로 나락(奈落)이다. 지옥, 누구도 구원할 수 없는 마음들의 구렁텅이, 가난하고 공부 못하는 아이들만 득시글대는 우중충하고 문제 많은 학교. 그래서 영어 같은 인간들은 대놓고 비아냥거리곤 한다.

"나, 락, 이름 하나는 정말 잘 지었어. 너희들 한심한 꼬락서니 보면 나까지 나락에 떨어진 느낌이야, 알어?"

다른 선생들도 속으로는 대략 비슷한 생각을 한다. 애들도 그다지 분해하지 않는다. 피장파장, 어차피 즐겁고 아름다운 학교는 아니니까.

그런데 백만 년 만에 처음으로 담임이 학교 이름을 제대로 불러

준 건가? 뭐 '아름답고 즐거운'이라는 수식어를 다는 선생이 아예 없지는 않다. 다만 비아냥과 반어의 의도를 물씬 풍긴다는 게 다를 뿐. 아무리 공부 못하는 지지리 궁상도 그 정도는 구분한다. 비아냥인지 진심인지. 담임은? 흠, 글쎄? 신중해야 한다. 아직은 좀 더 지켜봐야 한다. 믿는 도끼에 발등 찍힐지 모르니까.

오늘도 아침부터 교실에 음식 냄새가 진동한다. 애들도 처음엔 슬슬 눈치를 보더니 한 달이 지난 지금은 대놓고 먹어 댄다. 아예 도시락을 싸 오는 애들도 있다. 그래도 아직까지는 괜찮다. 담임도 아직까지는 별 태클을 안 건다. 먹는 도중에 담임이 들어와도 괜찮다. 뭐, 이따금 코를 싸쥐며 툴툴거릴 때도 있긴 하다.

"아이고, 냄새! 이년들아, 좀 일찍 와서 먹어. 냄새 좀 빠지게."

요새는 점심시간 분위기도 장난 아니다. 애들이 운동장에 나가서 축구를 하기 시작한 거다. 나야 당근 안 낀다. 같이 공 차자고 부추기는 애도 당근 없다. 영어는 계집애들이 극성스럽게 축구를 한다고 가자미눈을 뜨지만 아무도 아랑곳하지 않는다. 하여튼, 점심시간에 운동장에서 노는 아이들 열 명 가운데 아홉은 우리 반이다. 그래도 괜찮다.

그건 괜찮은데 엄청난 사건이 터졌다. 선생들이 모두 놀라 뒤로 나자빠질 뻔한 일이다. 선생들뿐 아니라 아이들 중에서도 나처럼 소심한 축은 입을 떡 벌리고 가슴을 쓸어내렸다.

사흘 전 아침, 온 학교가 난장판이었다. 조각조각 깨져서 어지럽게 흩어진 유리 조각 때문에. 교실, 교무실, 복도 할 것 없이 성한 데가 한군데도 없었다. 유리창은 말할 것도 없고, 거울이며 형광등까지 학교 안의 유리란 유리는 다 작살이 났다.

그날부터 학교 안 어디를 가나 벌떼가 윙윙거리는 듯한 소리가 종일 끊이지 않고 들려온다. 학교라는 거대한 벌집이 터지면서 선생도 학생도 벌떼처럼 와글와글 소란을 떨어 댄다. 학생 부장을 앞세운 선생들은 당황하고 성난 얼굴로 우우 몰려다니고 있다. 한편, 애들은 야릇한 흥분에 사로잡혔다. 이 '위대한' 사건을 저지른 용감한 영웅이 궁금해서 말이다. 나로 말할 것 같으면 완전 딴판인 두 무리를 관찰하며 느긋하게 즐기는 쪽이라고 할까?

"감히 어떤 새끼가 겁도 없이 이런 짓을 저질러! 내가 오늘 해 넘어가기 전까지 반드시 색출해서 이 엄청난 죄에 상응하는 엄청난 벌이 어떤 맛인지 보여 주마!"

'나는 웬만해서는 목소리를 높이지 않는 사람'이라는 말을 입에 달고 다니는 학생 부장이 고래고래 소리를 지르며 식식거린다. 웬만하지 않은 일이 너무도 많아서 걸핏하면 목청이 찢어져라 고함을 쳐 대는 걸 거라고, 나는 이해해 준다. 게다가 웬만해서는 상상도 할 수 없는 사건이 터졌으니 이럴 때 마음껏 소리 안 지르면 언제 지르랴.

"진짜 어처구니가 없다. 전에 있던 학교에서는 있을 수도 없는 일이야. 공부 잘하는 애들이 품성도 좋다니까. 어떻게 된 게 이 학교는 지지리 공부도 못하는 것들이 하는 짓마다 이 모양이니? 저질, 저질, 아니 저질도 아깝다. 하질 중의 하질들만 모아 놓은 것 같다니까. 끔찍해. 쯧쯧."

영어도 제 세상 만났다. 말끝마다 전에 근무했다는 어느 잘나가는 학교를 들먹이며 이 학교에 다니는 애들을 싸잡아 경멸하기 바쁘다. 복도 한쪽에 팔짱을 끼고 서서 혀를 끌끌 차 대는 영어는 차라리 신나 보인다. '저질'이라는 표현도 과분해서 '하질'이라고 해도 분이 안 풀리는 애들만 모아 놓은 학교라는 평소의 지론이 명명백백한 사실로 드러나 감개무량한 모양이다. 하지만 영어한테 대접이니, 사랑이니 받고 싶은 사람은 아무도 없다는 건 아는지.

그에 비하면 아이들의 분석은 얕으나마 오히려 본질에 가깝다.

"음…… 올 것이 온 거야. 올 것이…….."

10반 남자아이 하나가 형사 같은 표정을 지으며 나직하게 말했더랬다. 그 아이 머릿속 풍경이 훤히 보이는 것 같다.

3월, 새 학기 시작하자마자 학교 측에서 오죽 애들을 몰아붙였나? 아침 댓바람부터 선생들이 교문 앞에 살벌하게 늘어서서 복장이며 두발 단속을 한 게 벌써 한 달째다. 심지어 점심시간에 줄 서는 동안도 가만두지 않는다. 재킷을 안 걸쳤다고, 머리가 조금 길다고, 넥타이를 안 맸다고 붙잡아서 점심을 굶긴다.

학교에 있는 동안에는 휴대폰도 모조리 걷어 간다. 아침이고 저녁이고 자습 시간이면 남자 선생들이 우르르 몰려다니며 찍소리도 못하게 윽박지른다.

나 같은 2학년들은 수업 때문에 안 그래도 죽을 맛이다. 모든 과목이 1학년 때랑은 완전 딴판으로 복잡하고 어려워졌다. 교실에 앉아 있으면 누가 거대한 손바닥으로 머리와 발이 맞붙도록 짓누르는 것 같다. 그러니 터질 수밖에. 올 것이 왔다는 그 남자애의 분석은 완전 타당하다.

"누군지는 모르지만 완전 빡쳤나 보다. 와, 근데 이걸 어떻게 하룻밤에 다 깼냐. 완전 쩐다. 아무리 빡쳐도 이건 언빌리버블인데, 누군지는 모르겠지만 말이야……."

강이지가 연신 감탄을 토해 낸다. 그러자 누군가 강이지에게 한마디 툭 던진다.

"혹시 너 아니야? 너 중학교 때 교실 유리창 깬 적 있잖아. 자꾸 나대는 것도, 누군지 모르겠다고 연막 치는 것도 수상한데?"

"야! 아니야! 왕년에 유리 한번 안 깨 본 사람 있냐? 실수 한 번 한 걸 가지고 완전 전과자 취급이냐. 그리고 나, 그런 능력 없다. 한 장도 아니고 열 장도 아니고, 수백 장씩이나 아작 낼 체력이 없어요. 내가 이래 봬도 완전 연약한 여자야."

가볍게 던진 말에 강이지가 구구한 변명을 늘어놓는다. 아니, 원래 그런 애다. 남들은 한 마디로 끝낼 얘기를 열 마디씩 해야 직성이 풀리는 애. 언제나 조금은 들뜬 것처럼 힘이 넘치고 쉴 새 없이 지껄여 대는 애가 강이지다. 세상에 걱정이라고는 없는 애 같아 보인다고 할까.

어쨌거나 강이지 생각은 틀렸다고 생각한다. 하룻밤 사이에 온 학교의 유리를 다 깨는 능력, 그건 초능력이 아니다. 분노가 얼마나 큰 위력을 지녔는지 강아지처럼 발랄한 철부지는 알 턱이 없다. 인간이 극한의 분노로 부르르 몸을 떨 때, 온몸이 펑 터져 버릴 것 같을 때, 그 분노의 진동에 공명한다면 유리창 수백 장쯤은 손 하나 까딱하지 않고도 박살 낼 수 있을지 모른다.

이론상 그렇다는 얘기다. 숱한 날, 숱한 인간을 지켜본 끝에 얻은 내 이론상 말이다. 나, 이래 뵈도 매의 눈을 지니고 있다.

아무튼 사건 터진 날부터 틈만 나면 교실 천장에 붙은 스피커에서 학생 부장 목소리가 울려 댄다.

"아, 다들 알고 있겠지만 학교에 아주 불미스런 일이 발생했습니다. 에. 차마 입에 담기도 부끄럽고, 다른 학교에 소문날까 무서운 사건이었어요, 에! 학교 재산에 막대한 피해를 입힌 것은 둘째 치고, 아무 죄 없는 대다수 학생들의 명예에 먹칠을 한 끔찍한 일입니다. 으흠, 그러나 긴급회의를 통해서 우리 선생님들은 다음과 같은 결론을 내렸습니다. 그런 짓을 저지른 범인 또한 사랑하는 우리 학교 학생임에 틀림없으니, 최대한의 인내와 관용의 정신으로 딱 한 번, 기회를 주겠다, 이 말이에요, 에! 잘들 들으세요, 에! 딱 일주일 기한을 주겠습니다. 그 기간 동안 불미스런 일을 저지른 학생은 깊이 뉘우치고 참회하는 마음으로 자수를 해 주기 바랍니다, 에! 담임선생님을 통해서나, 쪽지를 통해서나, 아니면 어떤 선생님이라도 좋으니까 선생님한테 문자를 보내거나, 방법은 많습니다. 일주일 안에 자수만 하면 그 정상을 참작해서 최악의 처벌은 면해 줄 것을 약속하는 바입니다, 에! 다시 말하지만 기회는 딱 한 번뿐

입니다. 잘 알아서 처신할 거라고 믿습니다. 이상, 조용히 자습들 하세요, 에!"

처음, 해가 지기 전까지 범인을 색출하겠다던 기개는 어디로 팽개쳤을까. 정말로 인내와 관용의 정신으로 주는 기회일까? 완전 단서조차 안 잡혀서, 막막해서, 슬쩍 던져 보는 협상용 미끼는 아니고?

학생 부장이 준다는 딱 한 번의 기회가 속절없이 지나가고 있다. 벌써 사흘이 지났지만 범인이 잡혔다는 소식이 들리거나 자수한 낌새가 보이지는 않는다.

지금, 애들 사이에 블랙리스트가 떠돌고 있다. 학교 측에서 한편으로는 자수를 하라고 꼬드기면서, 다른 한편으로는 반마다 용의자 몇몇을 추려서 블랙리스트를 만들었다는 소리다. 그래, 양쪽에서 때리겠다는 거지. 문제는 남자 반에만 리스트가 있는 게 아니라는 사실이다. 여자 반, 그러니까 우리 반에도 용의자가 있다는 소문이 파다하다. 하나는 중학교 다닐 때 이미 한 번 사고를 친 강이지, 나머지 하나는 이순정이다. 그 정도는 나도 안다. 입을 닫으면 귀가 활짝 열리는 법이니까.

그런데 오늘 아침, 이 문제의 시기에, 담임이 참으로 요상한 물건을 내밀었다.

마음 일기장이란다.

마음을 들여다보고 쓰는 일기장이라나, 뭐라나. 하여튼, 제아무리 담임이라지만 이 어수선한 시국에 뭐하자는 건지 도무지 감이 안 잡힌다. 게다가 우리 반에도 용의자가 있다고 하지 않나. 그럼 블랙리스트에 오른 용의자들부터 감시하고 심문하는 게 순서 아닐까?

이 황당한 일기장, 혹 담임 방식의 수사 도구는 아닐까? 마음을 들여다보라는 건 양심을 짚어 보라는 뜻 아니겠냐고? 아주 부드러운 방식으로 양심을 건드려서, 혹 범인이 우리 반에 있다면 가책에 시달리지 말고 순순히 자수하라는 술수 아닐까, 이 말이다.

근데 아닌 것 같다. 수사 도구라고 보기에는 무리가 있다. 사건이 벌어진 건 사흘 전이다. 담임이 우리 반 마흔세 명한테 한 권씩 나눠 준 괴상한 일기장은 사흘 만에 뚝딱 만들어 낼 수 있는 게 아니다. 일기장 내용을 짜고, 인쇄하고, 제본하는 데만 해도 사흘로는 어림없어 보인다. 그럼 도대체 무엇 때문에 이런 일을 벌이는 걸까.

아아, 생각할수록 흥미진진하다. 모든 사건에는 흐름이라는 게 있는 거다. 그 흐름이 요상하다. 이 흐름이 대체 어떤 방향으로 이어질 것인가. 따분한 일상에 긴장이 팽팽하게 감도는 이 느낌, 나쁘지 않다. 지켜보자, 이름 없이. 지켜보는 데는 이력이 난 인간 아닌가.

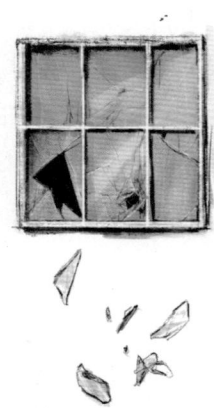

1부

이순정

# 心봤다

## 「마음 일기_날마다 心봤다」 사용 설명서

「날마다 心봤다」가 뭐냐고?
내 마음에 대해서 쓰는 일기야. 보통 일기는 하루 동안 겪은 일, 그중에서
인상 깊은 일을 쓰는 거잖아? 그런데 마음 일기는 하루 동안 내 안에서
어떤 마음이 일어나고 사라졌는지를 잘 관찰해서 쓰는 거야.
화난 마음, 기쁜 마음, 우울한 마음, 쓸쓸한 마음, 짜증 나는 마음……
상황에 따라 일어났던 내 마음을 놓치지 않고
적어 보는 거지. 생각이 아니라 마음을. 예를 들어 볼게.

예) 좋은 예 : 시험 공부를 시작했는데 잘해야겠다는 욕심이 생겼다.
그러나 엄마가 지켜보고 있어서 부담이 됐다.

나쁜 예 : '수업 시간에 졸렸다, 배가 고팠다' 같은
단순 현상을 적으면 아니 돼요.
'~했다. 그래서 내 마음이 어땠다'를 적어 보는 거야.

## 이걸 왜 해야 하지?

마음 일기를 쓰다 보면 나 자신에 대해서 알게 되거든.
우리는 의외로 자기를 잘 몰라. 순간순간 일어나는 마음을 잘 알아차리면,
나도 미처 몰랐던 나를 만날 수 있어. 내가 어떤 사람인지 알게 되고
있는 그대로의 나를 인정하게 돼. 그러면 마음이 편해지고,
자책하고 후회하느라 괴로운 시간을 줄일 수 있지.

자책과 후회는 왜 하게 될까? 우리가 잘하는 실수 있지? 내 맘은 그게
아닌데 말이 이상하게 나가서 오해를 사거나, 평소에 너무 가식을 떨어 놔서
정작 필요한 순간에 진심을 전할 수 없다거나 하는 거 말이야.
이런 일이 되풀이되면 '내가 왜 이러지?' 하는 생각이 들면서 자신감이
떨어지고 자책하는 버릇이 생겨. 자기를 미워하게 된다는 뜻이야.

그런데 마음 일기를 쓰다 보면 그런 내가 이해되면서 더는 나를 미워하지
않게 돼. 나를 위로할 방법도 알게 되고, 나를 더 사랑하게 되지.
그럼 힘이 생겨. 삶이 더 행복해져.
다른 사람의 마음도 훨씬 더 잘 이해할 수 있게 돼.

첨에는 좀 쑥쓰럽기도 하고 솔직하게 쓰기도 어렵겠지만, 계속 하다 보면
조금씩 내 마음을 더 잘 표현할 방법을 찾게 될 거야.

## 쓰기 전에

하루를 잠시 돌아봐. 어떤 사건에 부딪혔을 때, 내 마음이 어땠는지 떠올려
보는 거야. 무슨 말이든 써도 좋아. 일단 표현해 보는 거니까. 그냥 한번 해 보자.

오늘 하루 내 마음은 [        ] 했습니다.

왜냐하면
1. 언제:
2. 어디서:
3. 누구와:
4. 무슨 일(말과 행동):

때문에

잠시 눈을 감고 그때 내 마음을 떠올려 봅니다.
그리고 혼자 독백하듯이 3번 되뇌어 봅니다.
"아! 그때 내 마음이 [        ] 했구나."
지금 내 마음은 [        ] 합니다.

## 마음과 생각의 차이

커다란 돌멩이가 나한테 휙 하고 날아오면 어때? 한번 써 보자.

---

무슨 생각이 드니? 어떤 마음이야? 내가 써넣은 내용이 생각일까, 마음일까? 헷갈리지? 맞아! 우리는 마음과 생각을 혼동하는 경우가 많아. 생각인 줄 알았는데 마음일 때도 있고, 마음인 줄 알았는데 생각일 때도 있고 말이야.

아주 간단하게 정리하자면 생각과 마음은 이렇게 달라.

돌멩이가 날아올 때,
앗, 돌이다! <u>피해야겠다</u> 는 건 생각이고,
<u>무섭다</u> 는 건 마음인 거야.

어떤 음악을 들을 때,
<u>누가 작곡했을까?</u> 는 생각이고,
<u>야, 신난다!</u> 는 마음이야.

## 마음을 표현하는 말들

| 〈욕구가 충족됐을 때〉 | 〈욕구가 충족되지 않았을 때〉 |
|---|---|
| 고맙다 | 힘들다 |
| 설렌다 | 답답하다 |
| 흐뭇하다 | 괴롭다 |
| 자랑스럽다 | 부끄럽다 |
| 뿌듯하다 | 샘난다 |
| 기대가 된다 | 막막하다 |
| 기운이 난다 | 가슴이 찢어진다 |
| 마음이 놓인다 | 겁이 난다 |
| 재미있다 | 억울하다 |
| 행복하다 | 쓸쓸하다 |

일기를 쓰란다. 그것도 마음 일기라는 생뚱맞은 걸. 검사까지 받으란다. 강제 사항은 아니라는 단서를 달았지만 아무튼 검사를 받으라는 거였다.

서울 변두리에서도 하위권으로 세 손가락 안에 꼽히는 학교라지만, 그래도 명색이 고등학교 2학년이다. 끝까지 잘난 아이들 들러리 신세에 머물 게 틀림없지만, 어쨌든 입시를 코앞에 둔 절박한 처지라는 소리다.

대학에 들어가든, 못 들어가든, 안 들어가든, 그런 건 상관없다. 대한민국 고등학교 2학년들은 그냥 절박하다. 공부는 잘하든, 못하든, 관심이 없든, 전혀 중요한 게 아니다. 전국의 고등학교 2학년들은 입시라는 악당과 맞서 싸우는 합체 로봇의 부속품 같은 존재다. 그저 한 몸뚱이로 불안하고, 답답하고, 초조한 거다. 누구는 덜 불안하고, 누구는 덜 초조할 것도 없다. 다 똑같다고 보면 된다. 내 생각은 그렇다. 이건 통증과 같은 거니까. 다리가 부러진 사람이나, 바늘에 손끝을 찔린 사람이나, 그 순간 자지러질 듯 아픈 건 똑같다.

그래서 마음 일기라는 게 생뚱맞게 여겨진 거였다. 한마디로 '마음'이니 '일기'니 하는 따위에 시간을 낼 만큼 한가한 처지가 아니다. 아니, 한가한 처지가 아니어야 옳다. 다른 사람 아닌 내가 이런 분석을 한다는 건 옳지 않은 듯 싶지만 말이다.

문득 그날이 떠올랐다. 아직 방학이 남았는데 학교에 나와 자습하라고 한 첫날. 방학 중에 끌려 나온 게 억울해서 그날을 기억하는 건 아니다. 나야 뭐 특별히 억울하거나 분할 것도 없다. 학교에서 뭐라고 명령하든, 나가기 싫으면 안 나가면 그만이니까. 애초부터 나라는 인간은 내 마음대로 학교에 가고, 내 마음대로 집에 오고, 뭐든 내 마음대로 하는 애로 알려진 터였다. 이른바 무단결석과 무단 조퇴를 수시로 감행하는 싸가지 없는 문제아로 낙인찍힌 지 오래됐다는 뜻이다. 그런데도 내가 그날을 기억하는 건 순전히 쿨샘을 처음 만났기 때문이다.

"나 아직 이 학교 선생 아니야. 정식으로 발령장 안 받았으니까. 그러니까 담임 기다리지 마. 아, 니들도 싫으면 도망가."

그래도 명색이 학생인데 '감히' 선생한테 이런 표현을 해서 그렇지만, 그날 쿨샘은 참 당돌해 보였다. 학교 측에서 보자면 그렇게 여길 수도 있겠다는 뜻이다. 마치 선생들이 나를 보듯 학교에서는 쿨샘을 그렇게 볼 수도 있겠다고 할까. 그런 점에서는 쿨샘에게 묘한 동지애 같은 걸 느꼈는지도 모른다. 선생과 동지애라니, 참으로 나답지 않은 감정이지만 말이다. 그와 함께 야릇한 쾌감도 분명히 있었다. 하지만 그뿐, 그때까지는 쿨샘의 정체를 정확하게 파악할 수가 없었다. 그저 또라이인지, 아니면 나름대로 개념을 탑재한 선생인지 말이다.

개학과 함께 다시 나타난 쿨샘이 맨 처음 한 말은 '괜찮다'였다. 무슨 짓을 해도 다 괜찮다고. 교실에서 밥을 먹어도, 휴대폰을 내놓지 않아도, 공부를 못해도 괜찮다고. 아이들한테, 아니 나한테, 어쨌든 괜찮다고 말해 준 어른은 그래서 두 사람이 됐다.

쿨샘은 몇 가지 당부를 보탰다. 적어도 이 반에서 불공평한 일은 없었으면 좋겠다고. 공존과 배려가 있는 교실이 되면 좋겠다고. 공평. 공정. 배려. 쿨샘은 그런 교실을 만들 수 있는 예로 아주 사소한 걸 들었다. 사물함이나 자리 배치 같은 걸.

"그러니까 니들끼리 충분히 합의해서 자리를 정했으면 한다. 단, 공평하게."

그때 예기치 않은 느낌이 불쑥 고개를 들었다. 달콤하면서도 위험한 느낌이었다. 의지……하고 싶은 느낌. 그 순간 나도 모르게 고개를 흔들었다. 의지해서 뭘 할 건데? 무엇이 달라지는데? 사물함이나 자리 배치가 공평하게 처리된다고 해도 내 삶이 달라질 건 없었다. 그건 어디까지나 교실 안에서의 문제니까. 책임져야 하는데 책임질 수 없는 내 비틀린 삶은 교실 밖에 있었다. 비록 마음으로나마 의지할 수 있는 존재는 나한테 한 사람이면 충분했다.

그 뒤, 교실 분위기는 점차 달라져 갔다. 아침이면 교실에 반찬 냄새가 진동하고, 점심시간이면 아이들이 운동장으로 달려 나가고……. 그동안에도 나는 몇 번 학교에 안 나가기도 하고, 학교에서 빠져나오기도 했다. 아침에 눈을 뜨면 몸이 방바닥으로 꺼져 들어가는 것처럼 무겁고 손가락 하나 까딱할 힘이 없을 때가 있다. 그런 날은 학교에 안 갔다.

교실에 앉아 있어도 머리는 온통 딴생각으로 가득할 때도 있다. 해일처럼 몰려오는 생각 더미에 짓눌려서 나중에는 머리가 터질 것처럼 아팠다. 그런 날은 그냥 조용히 교실을 나왔다. 내 나름대로는 반 아이들에게 피해를 끼치지 않기 위한 배려이기도 했다. 그 상태로 앉아 있다가는 나도 모르게 소리를 바락바락 지르고 말 테니까.

그래도 괜찮았다. 쿨샘은 나를 따로 불러서 야단을 치지도, 꼬치꼬치 캐묻지도 않았다. 다만 언젠가 복도에서 우연히 마주치자 마침 잘 만났다는 듯이 다짜고짜 내 손목을 잡아끌며 이렇게 말했다.

"이순정, 나랑 좀 걷자."

나는 올 것이 왔구나 하고 쿨샘에게 이끌려 걸었다. 어디 으슥한 교실로 끌고 가거나 한 건 아니다. 그냥 복도를 걸었을 뿐이다. 걸어가며 쿨샘이 말했다.

"이년아, 말 좀 해. 말 좀 하고 살어. 못 나오면 못 나온다고 말을 하고, 가면 간다고 말을 해. 내가 명색이 니 담임인데 왜 말을 안 허냐? 말 안 하면 니가 답답하지 내가 답답해? 엉?"

그게 다였다. 그러고는 아무 말 없이 내 손을 잡고 복도를 한 바퀴 더 돌았다. 그리고 놓아주며 말했다.

"우리 한번 안자."

쿨샘이 그렇게 나를 안아 주었다. 아무 거리낌 없이. 당황스러울 만큼 포근했다. 괜히 코가 시큰해져서 나는 얼른 몸을 빼고 교실로 돌아갔다.

그렇게 한 달이 흘렀고, 학교 유리창이 박살 나는 전대미문의 사건이 터졌고, 쿨샘이 괴상한 일기장을 나눠 주었다. 학교 분위기는 산산이 깨진 유리 조각보다 더 날카롭고 살벌한데, 쿨샘의 말투는 더할 수 없이 태평했다.

"이년들아, 부수고 망가뜨리지 좀 마. 그러지 말고 이 일기나 써. 아무 때나 쓰고, 아무 때나 나한테 가져와. 한 줄도 좋고, 반 줄도 좋으니까 써 보란 말여. 날마다 써서 날마다 제출하면 더 좋고. 검사받는다, 생각하지 말고 그냥 나랑 일대일로 얘기한다고 생각해."

"그럼 샘이 댓글 달아 주시는 거예요?"

강이지가 물었다. 언제나 지나치게 명랑한 아이.

"그래, 길게는 못 달아도 댓글 달아 줄게. 댓글 달아 주면 오빠나 삼촌 소개시켜 줄 거니? 나, 독거 처녀다. 복지국가 대한민국에서 독거노인만큼이나 심각한 독거 처녀 문제, 니들이라도 신경 좀 써, 이년들아. 알았냐?"

아이들이 한꺼번에 웃음을 터뜨렸다. 그 와중에 나는 다른 게 궁금했다. 부수고 망가뜨리지 말라는 말, 그게 무슨 뜻인지. 유리를 깬 사람은 조용히 자수하라는 소리를 에둘러 표현한 건 아닌지. 하지만 묻지 않았다.

# 내 마음은 답답합니다

4월 5일

오늘 하루 내 마음은 [ 답답 ] 했습니다.

왜냐하면
1. 언제: 온종일
2. 어디서: 가는 곳마다
3. 누구와: 혼자
4. 무슨 일(말과 행동):

그냥 다 때문에

잠시 눈을 감고 그때 내 마음을 떠올려 봅니다.
그리고 혼자 독백하듯이 3번 되뇌어 봅니다.
"아! 그때 내 마음이 [ 답답 ] 했구나."
지금 내 마음은 [ 답답 ] 합니다.

이렇게 쓰면 되나? 쓰라고 하니 쓰긴 했는데, 이 우스운 일기를 쓴다고 뭐가 달라지는지 모르겠다.

엄마 방은 잠잠했다. 드디어 잠이 든 모양이다. 나는 조심조심 거실로 나갔다. 거실이라야 책받침만 한 공간이지만 그래도 거기엔 우리 집에서 가장 넓은 창이 있다. 그리고 그 창으로 가로등 불빛이 비쳐 든다. 절반은 땅에 묻힌 반지하 집이지만, 절반이라도 바깥이 보인다는 게 때로는 큰 위안이 된다.

엄마 방, 문을 열어 보았다. 소주 냄새가 훅 끼쳤다. 엄마는 푸푸 소리를 내며 자고 있었다. 엉망으로 흐트러진 모습이지만, 서른여덟 살 엄마 얼굴은 여전히 젊고 아름다웠다. 주름도 잡티도 없는 깨끗한 피부에 콧날이 오뚝하고 속눈썹이 긴, 서늘한 미모. 잠든 엄마 모습을 보면 늘 가슴이 아팠다. 나는 스타킹을 벗기고 이불을 덮어 준 다음 다시 거실로 나왔다.

오늘도 엄마의 하루는 고단하고 괴로웠을 터였다. 그리고 그림자처럼 따라다니는 울화 때문에 숨이 찼겠지. 오늘도 엄마는 실적을 올리지 못했을 거다. 어떤 생활 설계사는 억대 연봉을 받기도 한단다. 엄마보다 훨씬 덜 예쁘고, 엄마보다 세 배는 더 뚱뚱해도 실적이 좋은 사람은 많았다.

엄마가 게으른 건 아니다. 실적을 올려 보겠다고 날마다 발가락에 물집이 잡히도록 돌아다니고, 저녁이면 영업의 연장이라는 술자리도 부지런히 쫓아다녔다. 그렇지만 술자리가 실적으로 연결되는 경우는 많지 않아 보였다. 그 대신, 능글맞은 목소리로 은밀하게 엄마를 찾는 중년 남자들의 전화는 자주 온다. 그것이 얼굴 반반한 엄마에게 던지는 추파라는 것쯤은 나도 안다.

보험이며 영업이며 아무것도 모르는 내 눈에도 엄마의 전략은 문제가 있었다. 그렇게 겪고도 날마다 술자리라니. 아니, 어쩌면 영업의 연장이라는 건 엄마의 핑계일 뿐, 엄마 스스로 술자리를 끊지 못하는 것일 수도 있다. 그쪽이 더 타당한 추측일 거다.

아무튼 엄마가 아무리 열심히 돌아다녀도 생활은 나아질 기미가 보이지 않았다. 저축은커녕 천만 원짜리 마이너스 통장으로 근근이 버티는 나날이었다. 집도 반지하인데 통장도 반지하라고, 월세를 내는 날이면 엄마는 허탈하게 읊조렸다.

한마디로 엄마와 생활 설계사라는 직업은 애초부터 아귀가 안 맞는 조합이었다. 엄마는 다른 누구의 생활을 설계해 줄 만한 능력이 없는 사람이다. 자기 생활도 설계하지 못하는 터이니까. 스무 살 언저리에서 단 한 뼘도 자라지 못한, 아니 스스로 자라기를 멈춰 버린 엄마의 정신 연령을 생각하면 지극히 당연한 결과인지도 모른다.

엄마가 적성에 안 맞는 일을 하고 있다는 건 나도 알고, 엄마도 알고, 수많은 고객도 안다. 그럼에도 그 일을 계속하는 건 달리 잘할 수 있는 일이 없어서라고 믿었다. 그런데 최근에야 엄마만 아는 어떤 목적이 있기 때문은 아닌지 의심이 들기 시작했다.

왜 그렇게 힘든 일을 하느냐고, 차라리 식당에서 서빙 하는 게 덜 힘들겠다고 하면 엄마는 늘 이렇게 대답했다.

"한자리에 콕 박혀서 하는 일은 못해. 답답해. 난 돌아다녀야 해. 여기저기 돌아다니는 게 좋아서 이 일을 하는 거야."

그런데 얼마 전…… 그날도 엄마는 얼큰하게 술에 취한 채 텔레비전 앞에 앉아 있었다. 미니 시리즈를 틀어 놓고 멍하니……. 방에서 나와 화장실로 가는데 얼핏 화면이 눈에 들어왔다. 여자 주인공이 인파에 휩쓸리며 정처 없이 걷는 장면이었다. 나는 이내 고개를 돌리고 화장실 문손잡이를 쥐었다. 바로 그때였다.

"그렇게 돌아다니는데…… 그렇게 많이 다니는데…… 아무리 다녀도 안 만나지네……."

그 순간, 가슴이 쿵 내려앉았다. 나는 양치를 하려다 말고, 변기 위에 주저앉아서 손바닥으로 가슴을 문질렀다. 엄마가 한숨처럼 내쉰 혼잣말이 날아와서 명치에 박힌 탓이었다. 단지 드라마를 보다가 여주인공의 처지에 깊이 공감한 나머지 안타까워서 내뱉은 말이…… 아니었다. 그건 틀림없는 엄마의 진심이었다. 왠지 나는 그 사실을 곧장 알아차렸다. 엄마는 그렇게 돌아다니며, 그렇게 많이 다니며 누군가를 찾고 있었나 보다. 스무 살 때 그 누군가를.

거기까지 생각했을 때 문득 나의 누군가가 떠올랐다. 이름만 들어도 그립고 포근하고 아늑하고 아픈 나의 누군가가. 나는 다시 한 번 엄마의 숨소리를 확인하고 가만히 거실에 놓인 전화기를 들었다. 좋은 기회였다. 엄마는 내가 그곳에 전화하는 걸 달가워하지 않으니까.

신호음이 길게 이어졌지만, 나는 끊지 않았다. 초저녁부터 혼곤히 잠들었다가 막 전화를 받는 순간 끊겨, 할머니가 실망하는 일이 생길까 두려워서.

"……아이고, 내 새끼냐?"

신호음이 아홉 번 울린 끝에 마침내 연결이 됐다. 아니나 다를까, 잠에서 막 깬 목소리였다. 별로 미안하지는 않았다. 할머니는 잠보다 나를 더 좋아하니까.

"할매, 주무셨어?"

"아믄. 내 새끼는 왜 아직도 안 잤냐?"

"아직 열 시도 안 됐어."

"아이고, 그래? 나는 새복인지 알았다. 벨일은 없지야? 어메는? 쌀은 있냐?"

"별일 없고, 엄마는 잘 있고, 쌀도 있어. 할매는 아픈 데 없고, 별일 없어?"

"이. 아픈 디 없고, 벨일 없다."

"그럼 됐어. 할매, 얼른 자."

"이. 너도 얼렁 자그라, 아가……."

나는 잠자코 수화기를 들고 있었다. 할머니가 언제나 빼놓지 않는 말, 내가 기다리는 말을 들어야 하니까.

"……오고자믄 아무 때라도 와라, 이? 여그 할매가 있는디 뭣이 걱정이냐. 아무 때라도 와."

"응, 할매. 이제 얼른 주무셔."

통화가 끝났다. 거짓말로 얼룩진 통화였다. 엄마는 잘 있지 못하고, 쌀은 떨어졌는지 있는지 잘 모른다. 그리고 나는…… 나는 세상이 재미없고 괴로워서, 별일이 있다. 할머니가 보고 싶어서 죽을 지경이니까, 별일이 있다.

할머니도 거짓말만 늘어놓았다. 할머니는 아프다. 무릎 관절이 너무 아파서, 내가 떠나올 때 이미 두 다리가 괄호처럼 밖으로 휘었다. 그리고 할머니는 별일이 있다. 보고 싶은 나를 오랫동안 못 봐서 별일이 있다. 또 별일이 있다. 꿈에서라도 보고 싶은 한 사람, 스무 살 때 어디론가 떠나서 안 나타나는 사람, 할머니의 아들, 내 아빠가 사무치게 그리워서 별일이 있다.

5년 전, 할머니 집을 떠나오던 날을 떠올리면 가슴부터 먹먹해진다.

"아가, 엄마 말 잘 듣고, 공부 열심히 하고……. 할매는 항시 여그 있을 거잉께 오고 자먼 아무 때라도 와라, 이?"

할머니는 그 말밖에 하지 않았다. 엄마와 내가 택시를 타고 떠나는 순간까지 눈물 한 방울 보이지 않았다. 나 혼자 울면서 뒤를 돌아보았을 때, 눈에 들어온 건 할머니가 그림처럼 꼼짝 않고 서 있는 모습이었다. 헐렁한 일바지 차림인데도 괄호처럼 휜 두 다리를 뚜렷하게 드러낸 채.

'할매, 그때도 지금도 미안해서 못 우는 거지?'

나는 속으로 말했다. 언젠가 딱 한 번 할머니에게 물어본 적이 있었다.

"할매는 아빠 안 보고 싶어?"

삶은 밤 껍질을 벗기던 할머니가 나직하게 말했다.

"미안해서 어치케 느그 애비를 보고 잪겄냐, 내가. 느그 에미도 참고 살고, 너도 요로케 살고 있는디 내가 미안해서 어치케……."

말끝을 흐리며 할머니는 달콤한 밤을 내 입속에 넣어 주었다. 나는 더 묻지 않았다. 마침 밤을 우물거려야 하니 말을 할 수도 없었다. 그리고 다시는 그런 질문을 하지 않았다.

초등학교를 졸업하자 엄마는 나를 서울로 데리고 가겠다고 했다. 중학교부터는 할머니 혼자 맡는 게 무리이고, 도시에 가서 학교를 다녀야 제대로 교육을 받을 수 있다는 이유였다.

그렇게 따지자면 초등학교 때부터도 할머니가 나를 맡기에는 무리가 있었다. 먹이고, 입히고, 재우는 데는 아무 지장이 없었다. 하지만 숙제가 문제였다. 집에서 엄마가 도와줘야 하는 숙제가 너무 많았다. 우리 할머니는 도와줄 수 없는 숙제들. 하는 수 없이 동네에서 젊은 축에 드는 아줌마들을 찾아다니며 해결해야 했다. 그럴 때마다 할머니는 몹시 안타까워했다. 한글도 모르는 할머니로서는 아무리 안타까워도 어쩔 도리가 없었다.

데리고 가겠다는 엄마 앞에서 할머니는 군말 하나 없이 고개만 끄덕였다. 야속하리만치 순순하게 나를 내준 거였다. 나는 안 가겠다고 꽤 발버둥 치며 울었다. 할머니와 헤어진다는 생각은 한 번도 해 보지 못한 터였다. 지금 헤어지면 할머니도 나도 균형을 잃고 픽 쓰러질 것만 같았다.

나는 어리고 할머니는 늙었지만, 우리는 서로 없이는 살 수 없는 환상의 커플이었다. 할머니가 내 양육비를 전부 책임진 건 말할 것도 없고, 나도 할머니에게 없어서는 안 될 존재였다. 전기 요금을 비롯해 온갖 종이와 글씨로 이루어진 문서들은, 글 모르는 할머니를 대신해서 일찍부터 내가 처리했다.

무엇보다 우리는 아침부터 밤까지 쉬지 않고 얘기했다. 나는 학교에서 있었던 일, 친구 집에 갔던 일들을 얘기하고 할머니는 동네 할머니들이랑 밭에서 한 일, 나눈 이야기들을 풀어 놓았다.

"나는 할매가 있어서 좋은디, 할매도 내가 있어서 좋아?"

어느 날 그렇게 물었더니 할머니는 이렇게 대답했다.

"아믄. 니가 있응께 일을 해도 심이 안 들고, 돈을 벌어도 재미지고, 집이 가면 니가 지달리고 있겠다 싶어서 장에 갔다가도 얼렁 오고 잪고 글제. 니는 하느님이 핼미한테 내려 주신 복뎅이여, 복뎅이. 아이고, 내 강아지."

그런데 이제 내가 떠나 버리면 할머니는 어떻게 살아갈까. 얘기할 사람도 없고, 같이 밥 먹을 사람도 없고, 집에서 기다려 줄 사람도 없다. 전기 요금이 얼마인지 전화 요금이 얼마인지, 며칠까지 내야 하는지 누가 알려 줄까. 캄캄한 방에서 혼자 텔레비전을 보다가 잠이 들면 누가 꺼 줄까.

그래서 울었다. 아니, 솔직히 털어놓자면, 그래서 울기도 했지만 내가 미워서 운 게 더 컸다. 내심 엄마를 따라가는 게 싫지만은 않은 내 자신이 미워서.

더 솔직히 털어놓자면, 젊고 아름다운 엄마와 새로운 곳에서 새로운 생활을 시작한다는 설렘이 뜻밖에도 컸다. 할머니만으로도 부족함이 없다고 믿었는데, 막상 엄마와 함께 간다고 생각하자 그동안 내가 엄마와 함께 사는 다른 친구들을 얼마나 부러워했는지 알게 되었다.

그러나 엄마와 함께 시작하는 새로운 생활에 대한 희망과 설렘은 하루도 가지 못했다. 다섯 시간 가까이 기차를 타고 서울로 가는 내내 엄마는 거의 말이 없었다. 배고프니, 화장실 안 가니, 정도 말고는. 그러다 몹시 지친 얼굴로 내쳐 잠만 잤다.

서울은 답답함이라는 얼굴로 내게 다가왔다. 하루 종일 햇빛이 들지 않는 반지하 방이, 좀처럼 살갑게 말을 걸지 않는 엄마가, 인사 나눌 사람 하나 없는 동네가 다 답답했다. 엄마가 이틀에 한 번은 술에 취해서 들어오는 것도 당황스러웠다. 엄마는 교육을 핑계로 나를 데리고 왔으면서 교육을 위한 시도는 전혀 하지 않았다. 학원을 보내지도 않았고 과외를 권유하지도 않았다. 그럴 여력도 없었을뿐더러, 여력이 있다 해도 크게 다르지 않았을 거라는 게 지금의 내 생각이지만.

나는 햇빛을 못 본 식물처럼 하루하루 시들어 가는 느낌이었다. 견디기 힘들면 할머니에게 전화를 해서 목소리를 듣는 게 그나마 위안이 됐다. 그러나 그것도 엄마 눈치를 봐야 했다.

엄마는 그때나 지금이나 내가 할머니와 통화하는 걸 달가워하지 않는다. 아니, 할머니를 달가워하지 않는 것 같다. 나는 생각만 해도 가슴이 미어질 것 같은 할머니를.

이럴 때 마음 일기를 쓴다면, '눈물이 날 만큼 가슴이 아프다'고 써야 할까? 나는 고개를 흔들었다. 생뚱맞게 웬 마음 일기?

문득, 내일 학교에 가면 쿨샘한테 얘기를 해야겠다는 생각이 들었다. 앞으로는 저녁 자습 시간에 남지 않겠다고. 남지 않을 이유를 들자면 수도 없이 많다. 그 시간에 앉아 있어 봐야 자습은 절대로 안 할 거다. 설사 한다고 해도 나한테는 목적이 없다. 목적이 있다고 해도, 그걸 이룰 가능성이 없다. 가능성이 있어도, 그걸 지지해 줄 든든한 언덕이 없다. 무엇보다 난 아무 의욕이 없다. 의욕 없이 앉아 있는 그 시간이 지옥 같기만 하다.

그러나 모두 대외용으로는 부적당한 이유들이다.

# 사실은 화가 납니다

"선생님, 저 이제부터 저녁 자습 시간은 빠져야 할 것 같아요."

나는 최대한 공손하게, 두 손을 가지런히 모으고, 상냥한 말투로 얘기를 꺼냈다. 점심시간이 끝날 무렵, 교무실 복도에 있는 의자에 쿨샘과 나란히 앉아서.

"그려? 이유가 있겠지?"

나는 마음을 가다듬고 담담하게 말을 꺼냈다.

"제가 스와힐리어를 전공할 거거든요. 그러려면 미리 공부를 해야 하는데 학원이 없어서 개인 교습을 받아야 해요. 저녁 자습 시간 아니면 스와힐리어 교습 시간을 따로 뺄 수가 없거든요."

쿨샘은 잠시 말이 없었다. 나는 잠자코 대답을 기다렸다. 쿨샘이 창밖으로 고개를 돌리더니 엉뚱한 소리를 했다.

"그새 꽃이 활짝 폈네그려."

나도 모르게 고개가 돌아갔다. 팝콘처럼 벌어진 목련꽃이 눈에 들어왔다. 그리고 귀로는 쿨샘의 무심한 목소리가 흘러들어 왔다.

"아가씨, 시나리오 다시 짜 와라."

나는 고개를 돌려 쿨샘을 보았다.

"빈틈이 너무 많잖아. 스와…… 뭐라고? 아무튼, 얘기를 한 건 인정."

엉성한 핑계이긴 했다. 나도 '스와힐리어'를 정확하게, 매끄럽게 발음하기 위해 꽤 노력했으니까. 스와힐리어가 아프리카 남동부 탄자니아와 케냐를 중심으로 한 지역에서 쓰는 말이라는 사실도 지식 검색을 해 보고야 알았다.

"이건 일기장. 잘 썼더라. 이렇게 쓰면 돼."

쿨샘이 아침에 제출한 마음 일기장을 돌려주며 말했다. 답답하다는 소리밖에 안 했는데 잘 썼단다. 나는 일기장을 받고 자리에서 일어섰다.

"그래? 그럼 엄마가 내일 선생님한테 전화해 줄게."

그날 저녁, 오랜만에 맨정신으로 들어온 엄마가 말했다. 엄마가 전화를 하면 꽤 괜찮은 시나리오가 될 터였다. 아무렇거나 내가 전부 거짓말을 한 건 아니었다. 스와힐리어를 전공하라고 권유한 사람은 엄마였다. 어디서 듣고 왔는지 며칠 전에 나를 앞혀 놓고 그랬다.

"아프리카가 괜찮다, 너? 앞으로는 아프리카가 뜰 거래. 너 옛날에 중국어 해서 득 볼 거라고 생각한 사람이 있는 줄 아니? 말짱 쓸데없는 거 공부한다고 그랬잖아. 근데 지금은 어때? 영어만큼,

아니 영어보다 더 중요해지고 있잖아. 스와힐리어도 그렇게 될 가능성이 커. 세상일은 모르는 거야."

 참으로 오랜만에 엄마가 내 교육과 진로에 대해서 진지하게 말을 꺼낸 자리였다. 그래서 그냥 받아들이기로 한 거였다. 엄마가 권하니까. 어차피 꿈을 꾼다고 이루어질 것도 아니다. 아니, 꿈도 아무나 꿀 수 있는 게 아니다. 꿈꾸는 데도 자격과 조건이 필요하다는 것쯤은 나도 알고 있다. 나는 순순히 고개를 끄덕였다. 어차피 중요한 건 꿈이 아니라 엄마를 만족시키는 일이니까.

 엄마는 흡족한 얼굴로 일어서며 말했다.

 "배고프다. 저녁 해 줄게. 함께 저녁 먹는 게 얼마 만이니?"

 나는 내 방으로 들어가서 바닥에 누웠다. 창이 없어서 늘 굴속 같은 방. 엄마의 서툰 도마질 소리를 듣고 있자니 또 명치가 싸하니 아파 왔다. 아빠는, 얼굴도 모르는 아빠라는 사람은 지금 아프리카에 있나 보다. 아니, 아프리카에 있다고 엄마가 믿는 모양이다. 발바닥이 부르트도록 돌아다니다가 바람결에 근원을 알 수 없는 소식을 들었거나, 어느 날 예사롭지 않은 꿈을 꾸었겠지.

 아무튼 지금은 스와힐리어를 공부하겠다고 해 주는 게 내가 엄마를 도울 수 있는 유일한 길이다. 마음 같아서는 그보다 더한 것도 해 주고 싶었다. 마이너스 통장에 화끈하게 햇볕을 쐬어 주고 싶고, 고객을 왕창 끌어와서 엄마를 억대 연봉자로 만들어 주고 싶었다. 아프리카 아니라 남극까지 샅샅이 뒤져서라도 아빠를 찾아 주고 싶었다. 그런데 먹고 죽으려 해도 그럴 재주가 내게는 없어서, 그냥 엄마가 바라는 대답만 해 주고 있다. 2년 전 그날 이후부터 죽.

톡, 톡, 톡. 부엌에서 호박 써는 소리가 들려왔다. 호박이 아니라 감자나 마늘일 수도 있다. 뭘 썰든 엄마 도마에서 나는 소리는 다 똑같다. 할머니는 달랐다.

콩콩콩콩…… 할머니가 식칼을 세워서 손잡이로 마늘을 찧는 소리. 다다다다…… 할머니가 생채를 하려고 무채 써는 소리. 탁탁탁탁…… 할머니가 풋고추를 어슷어슷 써는 소리.

기억에도 없는 어린 시절부터 나는 할머니의 도마 소리를 들으며 잠에서 깨어났다. 빗소리처럼 듣고 있으면 마음이 편안해지는 소리였다. 빗소리처럼 듣다가 하도 편해서 다시 스르르 잠에 빠질 무렵, 이번에는 할머니 냄새가 방으로 들어온다.

"아가, 인자 인나서 밥 묵고 핵교 가야제."

내 얼굴을 살며시 쓰다듬는 할머니 손에서는 늘 맵싸한 마늘 냄새가 났다. 손가락에 은은하게 밴 마늘 냄새는 생마늘이 풍기는 날내와는 사뭇 달랐다. 나는 아기들이 엄마 젖이나 분유 냄새를 맡으며 자라듯 할머니의 손가락에 밴 마늘 냄새를 맡고 자랐다. 언제 어느 곳에서 풍겨도 저절로 그쪽으로 고개가 돌아가는 냄새, 마지막 순간이 온다면 반드시 찾아가고 싶은 곳의 냄새…….

할머니와 사는 동안 행복했다. 엄마 아빠 없이 살면서 결핍감이 전혀 없었다고는 하지 않겠다. 하지만 행복했다. 세 살부터 열세 살까지 10년 동안, 나는 세상에서 가장 아늑한 둥지에 파묻힌 새끼

새처럼 행복했다.

    학교에 가 있는 시간을 빼면 나는 언제나 할머니와 함께했다. 할머니가 고추밭에 가면 고추밭에, 시장에 가면 시장에, 염소 우리에 가면 염소 우리에, 다른 할머니네 밭에 일해 주러 가면 그 밭에 같이 따라갔다. 할머니는 일하면서, 또는 밤에 텔레비전을 보면서 나한테 도란도란 얘기를 걸었다. 할머니가 잠자코 있을 때는 내가 먼저 말을 걸었다.

    "할매, 우리는 왜 엄마랑 아빠랑 같이 안 살아?"

    엄마 아빠가 애타게 필요해서 물어본 건 아니었다. 내가 기억하지 못하는 어느 때, 처음 그 질문을 했을 때는 막연한 그리움이 있었는지도 모르겠다. 어쨌든 마땅히 할 얘기가 없을 때면 나는 그렇게 물었고, 할머니는 할머니대로 담담하게 대답했다.

    "같이 안 살아도 니는 엄마도 있고 아빠도 있어. 긍께 기죽을 거 한나도 없다. 느그 에미랑 애비가 얼매나 이뻤는지 아냐?"

    늘 똑같은 얘기였지만 들을 때마다 나는 그 대목이 좋았다.

    "느그 에미랑 애비는 광주서 고등핵교 댕길 때 만났더란다. 동갑내기였제. 느그 애비는 깎은 밤톨 겉이 훤허고, 느그 에미는 양귀비보담도 더 고왔제. 잘나고 이쁜 것 둘이서 좋아해 갖고 너겉이 이쁜 애기를 스무 살에 낳았더란다."

    "그래서?"

    내가 그렇게 물으면 할머니는 어김없이 거친 손바닥으로 내 뺨을 어루만지며 이렇게 대답했다.

"그래서 할매헌티 이렇게 이쁜 손녀를 멜다 줬제."

"왜 다 같이 안 살고?"

그때쯤 슬슬 장난기가 발동한 나는 대답을 뻔히 알면서도 그렇게 물었다. 아니나 다를까.

"할매허고 사는 것이 안 좋냐? 글고 에미는 가끔 오잖애. 니 잘 있는가 볼라고."

"겨우 1년에 두 번? 근데 아빠는?"

"올 거여. 나중에 올 거여."

한숨. 이번에도 내 짐작은 틀리지 않았다. 할머니가 한숨을 푹 내쉬었으니까.

엄마 아빠 얘기는 늘 거기서 끝이 났다. 더 물어도 할머니가 대답을 하지 않을 터였다. 내가 바라는 대답은 나오지 않을 터였다.

아빠가 스무 살에 나를 낳고, 내가 채 백일도 되기 전에 사라져버렸다는 건 한참 뒤에야 알았다. 다른 여자와 함께 어디론가 떠났다는 소리도 있고, 원래부터 떠돌기를 좋아해서 한곳에 붙박여 살 수 없는 성격이라는 소리도 있었다. 어느 쪽이 옳은지 모르겠지만 분명한 건 가족을 버리고 떠났다는 사실이다.

그 뒤로 3년 동안 엄마는 미친 듯이 아빠를 찾아다녔단다. 그러다가 나를 할머니에게 맡기고 10년 동안 혼자 살았다. 그러고는 한 해에 두 번, 어떤 해에는 한 번, 나를 보러 왔다.

나중에 눈치챈 일이지만 그때 엄마는 나를 보러 온 게 아니었다. 행여 그사이에 아빠가 연락을 해 오지는 않았는지, 그게 궁금했던 거다. 어린 나를 외할머니가 아니라 친할머니에게 맡긴 까닭도 그 거였다. 엄마는 어떻게든 아빠와 연결된 끈을 놓치고 싶지 않았던 거다.

그걸 어떻게 아느냐고? 세상에는 굳이 누가 가르쳐 주지 않아도 저절로 알게 되는 일들이 있다. 저절로 알게 되는 순간이 있다. 나에게는 2년 전 그날, 중학교 3학년 초여름의 어느 날이 그런 순간이었다.

그 무렵 언제부터인가 전에 없던 증상이 시작됐다. 그 처음은 잠이었다. 잠이 끝도 없이 쏟아졌다. 시골에서 살 때는 할머니와 똑같이 새벽에 일어났는데, 잠병이 시작되면서는 학교에 갈 시간에도 도무지 눈이 떠지지 않았다. 마치 방바닥에 수많은 갈퀴손이 있어서 나를 잡아당기는 것만 같았다. 눈은 어찌어찌 뜬다고 해도 문턱을 넘어갈 엄두가 나지 않았다. 그런 날은 학교에 가지 않았다. 갈 수가 없었다.

그다음에 나타난 증상은 분노였다. 스멀스멀 한번 피어오르기 시작하면 제어가 안 되는 분노. 분노의 대상은 무차별이었다. 어느 날은 답답한 집이, 어느 날은 누군가의 무심한 말투가, 또 어느 날은 엄마가 나를 돌게 만들었다.

엄마는, 잠시나마 설렘을 안겨 주었던 엄마는 내 모든 걸 송두리째 흔들어 놓은 사람이었다. 어느 날 느닷없이 나를 끌고 와서 캄캄한 지하 방에 던져 놓고 방치했다. 아침에 내 얼굴을 어루만지며 깨워 주는 법도 없고, 맛있는 밥을 정성스럽게 차려 주지도 않았다. 도란도란 얘기를 나눌 틈도 주지 않았다. 그저 술에 취해 있거나, 텔레비전 앞에 멍하니 앉아 있기가 다반사였다. 내가 뭔가 물으면, 응, 아니, 혹은 그렇게 해, 하고 짧게 대답하는 게 다였다.

처음에는 참을 만했다. 할머니를 배신한 대가라고 생각하면 참아졌다. 하지만 1년이 가고 2년이 가고 3년이 흐르자 더는 참을 수가 없었다. 혼자서 어둡고 눅눅한 벽을 보고 악악 소리를 지르는 것도 한계가 있었다. 무단결석했다고 담임한테 끌려가서 야단맞는 순간은 차라리 시원했다. 엄마를 불러오라고 하면 기다렸다는 듯이 당당하게 전했다.

"담임이 엄마 오래."

"왜?"

"어제 무단결석했다고."

"또 안 갔니? 내가 내일 전화해 줄게. 아팠는데 내가 전화하는 거 깜박했다고."

그러면 다시 분노가 솟구쳤다. 정상적인 엄마라면 담임한테 거짓말을 할 게 아니라 왜 학교를 안 갔느냐고 따져 물어야 하는 거였다. 나는 눈의 실핏줄이 터지도록 엄마를 노려봐 주고 내 방으로 들어갔다. 그러거나 말거나 엄마는 다시 멍한 눈으로 텔레비전만 보았다.

손가락 하나 까딱할 수 없을 만큼 사람을 무기력하게 만드는 잠과, 온 세상을 다 때려 부숴도 시원치 않을 분노 사이에서 나는 정신이 없었다. 그래도 잠에 붙들리는 편이 낫다면 나았을까? 나 혼자 괴로울 뿐 남한테 피해를 끼치는 일은 아니니까. 그렇지만 화가 나면 문제가 달랐다. 그 증상은 때와 장소를 가리지 않고 나타났다. 집이라면 소리를 지르고 책을 집어던지겠는데 교실에서는 힘들었다. 딱히 시비를 거는 사람도 없는데 악을 쓸 만큼 이성이 마비된 상태는 아니니까. 그럴 때는 그냥 조용히 교실을 나왔다. 그게 내 무단 조퇴 사유였다.

잠과 분노, 영원히 끊어지지 않을 것 같은 올가미가 내 목을 조르고 있었다. 죽기 전에는 그 올가미에서 빠져나올 수 없을 것 같은 절망감이 시시때때로 나를 휘감고 들었다.

그러던 어느 날, 마침내 나는 폭발했다. 학기 말 고사 마지막 날이었다. 나는 수학 시험지를 백지로 냈다. 관심도 없는 데다 관심이 있다고 해도 딱히 알아들을 것 같지 않은 과목이 수학이었다. 시험이라고 해서 특별히 긴장되는 것도 아니고, 어차피 엄마는 내가 시험을 보는지 마는지 알려고도 하지 않았다. 시험지만 멀뚱히 들여다보고 앉았느니 일찌감치 백지로 제출하고 나오려는 거였는데 하필 감독이 수학 선생이었다.

시험 시작한 지 5분도 안 되어 백지를 내자 수학 선생은 떨떠름한 눈으로 내 이름과 얼굴을 두어 차례 번갈아 보았다. 그러더니 다짜고짜 출석부로 내 머리를 툭툭 치며 말했다.

"이게 어디서 반항질이야. 너 지금 일부러 나 약 올리려고 작정했지? 어? 갖고 가서 얌전히 풀어!"

나는 수학 자체가 싫었을 뿐, 수학 선생한테는 유감이 전혀 없었다. 그런데 수학 선생은 평소에 이름도 모르던 나한테 드러내 놓고 유감을 표시했다. 그것도 머리를 툭툭 치는 방식으로 아주 기분 나쁘게.

참았다. 나는 시험지를 다시 갖고 가서 시험 시간 내내 그냥 앉아 있었다. 문제는 풀지 않았다. 그저 시험지만 노려보았다. 시험지가 내 눈빛에 뚫어지지 않은 게 이상할 지경이었다. 그러는 동안에도 머리를 툭툭 때리던 출석부의 감각이 자꾸만 되살아났다. 속에서 화가 자글자글 끓고 있었다.

집에 와 보니 엄마는 텔레비전 앞에 맥없이 널브러져 있었다. 새삼스런 풍경도 아닌데 짜증이 났다. 엄마가 텔레비전 앞에서 물러나기만 해도 기분이 풀릴 것 같았다.

"엄마, 배고파."

사실 배는 안 고팠다. 다만 그래야 엄마가 그 자리를 벗어날 것 같았다.

"응……."

엄마는 고개도 안 돌리고 대답했다. 나는 방으로 들어가서 옷을 갈아입었다. 머릿속에선 아직도 수학 선생 얼굴이 어른거렸다. 나는 후, 숨을 거칠게 내쉬고 거실로 나갔다.

그런데 엄마는 아직도 그 자리에, 그 모습으로 앉아 있었다. 텔레비전 화면에는 자동차 운전자를 위한 보험 광고가 흐르고 있었다. 엄마나 나나 그 광고를 볼 이유라고는 눈곱만큼도 없는 사람들이었다. 오목가슴에서 뜨거운 불길 같은 게 일더니 목구멍까지 치고 올라왔다. 나는 리모컨을 들어서 텔레비전을 꺼 버렸다. 엄마는 그제야 고개를 돌리더니 한마디 했다.

"보고 있는데 왜 꺼."

"배고프다 그랬잖아!"

"근데 이 기집애가 왜 소리는 지르고 난리야!"

"소리라도 질러야 나를 볼 거 아니야! 배고프다고! 엄마면 밥을 줘야지! 오늘 시험 끝났다고! 내가 시험을 보는지 밥을 먹는지 엄마가 관심이나 있어? 이럴 거면 뭐하러 데려왔어! 나 할머니한테 갈래!"

나도 모르게 할머니 소리가 튀어나왔다. 사실은 오래전부터 입 안에 맴돌던 소리였다.

"할머니? 할머니 같은 소리 하고 있네. 시끄러! 안 돼!"

엄마도 소리를 질렀다. 안 된다는 소리에 목구멍까지 치받았던 화가 뒤통수를 타고 머리끝까지 치솟았다. 나는 들고 있던 리모컨을 집어던지며 소리쳤다.

"왜 안 돼! 왜 안 되는데! 엄마가 해 준 게 뭐가 있다고 할머니한테도 못 가게 해! 이게 엄마야? 이 따위로 팽개쳐 둘 거면 뭐 땜에 데리고 오고, 뭐 땜에 낳은 거야? 내가 낳으라고 했어? 내가 무슨 생각을 하는지, 몸이 어떤지, 마음이 어떤지 엄마가 알기나 해!"

3년 동안 차곡차곡 쌓아 온 말들이 쏟아져 나왔다. 그런 때가 있다. 화가 화를 불러일으키는 때, 화를 내다 보니 불이 번지듯 더 화가 날 때. 내가 화를 내는 게 아니라 화가 나를 삼킬 때. 온몸 구석

구석에 골고루 박혀 있던 화들이 "나도, 나도!" 소리치면서 앞다퉈서 튀어나올 때. 그럴 때는 아주 사소한 불꽃 하나가 핵폭탄처럼 거대한 폭발로 이어진다. 그날이 바로 그런 때였다.

엄마는 내가 던진 리모컨을 집어 들고 일어섰다. 그러고는 리모컨 모서리로 내 정수리를 때리며 소리쳤다.

"시험을 못 봤으면 못 봤다고 해, 이 기집애야! 어디서 뺨 맞고 와서 어디다 대고 화풀이야! 딴 엄마들처럼 공부해라, 공부해라, 스트레스 안 주고 풀어 주니까 호강에 끈을 달았지, 니가!"

엄마 목소리는 들리지도 않았다. 리모컨 모서리로 맞는 순간 나는 이미 이성을 잃었다. 낮에 수학이 한번 건드려 놓은 벌집이었다. 눈이 뒤집힌다는 게 어떤 상태인지 그때 알았다. 머릿속이 하얗게 변하고 눈앞에서 파란 불꽃이 일더니 입에서 거친 소리가 튀어나오기 시작했다.

"아아악! 왜 때려! 왜 때리는데, 씨발! 어쩌라고? 나 같은 거 죽어 없어지라고? 죽으라고? 죽어 줄까? 좋아, 확 죽어 버릴게!"

다음 순간, 정신을 차렸을 때 맨 먼저 눈에 들어온 건 엄마의 얼굴이었다. 그렇게 가까이서 엄마 얼굴을 보는 건 처음이었다. 엄마는 한 손으로 내 팔을 잡고 다른 한 손으로는……. 엄마의 다른 손에서는 발간 피가 뚝뚝 떨어지고 있었다. 피가 흐르는 손으로 엄마는 눈썹 정리하는 칼을 으스러져라 움켜쥐고 있었다.

흠칫, 뒤로 물러나려는 나를 엄마가 세게 붙들었다. 그리고 한 번도 들어 보지 못한 차분한 목소리로 말했다.

"하지 마. 이런 거 하지 마. 그래 봤자 너만 아파. 너만 손해야. 죽는 게 그렇게 쉬운 줄 알아? 웃기지 마."

이상하게도 내 귀에는 그 말이 다르게 통역되어 꽂혔다.

'너만 힘들어? 나도 힘들어. 죽고 싶어? 나만큼?'

맥이 탁 풀렸다. 갑자기 엄마의 한 면이 송두리째 이해됐다. 엄마도 견뎌 왔다는 걸, 내가 할머니와 보낸 10년 동안 혼자서 견뎌 왔다는 걸, 더는 버티기 힘들어서 나를 데려왔다는 걸, 나를 의지하고 있다는 걸.

나는 칼을 쥔 엄마의 손을 풀었다. 단단히 움켜쥔 손아귀를 겨우겨우 풀었다. 그리고 붕대를 감아 주었다. 나한테 손을 맡긴 채 엄마는 아무 말이 없었다. 그런 엄마를 앞에 두고 나는 다짐했다. 엄마 곁에 있어 주겠다고, 적어도 곁에는 있어 주겠다고, 엄마가 시키는 대로 하겠다고, 대답이라도 하겠다고.

답답하다고 쓴 마음 일기에 쿨샘은 무슨 댓글을 달았을까. 나는 깜박 잊고 있던 일기장을 펼쳐 보았다.

'답답했구나. 우리 순정이가 답답했구나. 에구, 힘들었겠다.'

그게 다였다. 그런데 이상했다. 댓글을 읽자 뭔지 모를 따뜻한 기운이 살짝 일어났다가 사라졌다.

# 내 마음은 쪽팔립니다

"아아, 학교에서 절대로 일어나서는 안 될 불미스런 사건, 다들 알고 있겠죠, 에! 조용히 자수하면 선처하겠다고 기회를 준 것도 알죠, 에! 근데 일주일씩 두 번이나 기회를 줬는데도 범인이 안 나타나고 있다 이 말입니다, 에! 이런 괘씸한…… 으흠. 경고합니다. 인내하는 데도 한계가 있어요, 에! 마지막, 마지막 기회를 줍니다. 지금부터 사흘 안에 자수하지 않으면 그땐 가만 안 있겠습니다, 에! 신성한 학교를 우습게 보는 행위……."

아침부터 골이 징징 울렸다. 말끝마다 에, 에, 에를 붙이는 학생부장의 목소리가 오늘따라 손톱으로 칠판을 긁는 소리처럼 신경에 거슬렸다. 안 좋은 징조였다.

"아, 진짜 또라이! 어쩔 건데? 범인도 못 잡으면서 웬 협박? 완전 쩐다. 사흘? 우리 졸업 전에만 잡아도 대박이겠다."

강이지였다.

"야, 똥깡, 쉬운 년! 웬 흥분? 발 저리냐? 자수해, 사흘 안에."

누군가가 거들고 나섰다. '똥깡'은 강이지 별명인 듯했다. 강아지 비슷한 이름에서 비롯된 별명이겠지. '쉬운 년'도 마찬가지일 거다. 한글로 '이지', 영어로 '쉬운'. 참 단순하다. 아무튼 똥깡이든 쉬운 년이든 그만 입 좀 다물어 주었으면 싶었다. 똑같은 협박 방송을 몇 번이고 되풀이해 대는 학생 부장 때문에 아침부터 분노 지수가 높아지고 있었다. 하지만 그건 희망 사항일 뿐.

 "야, 나도 내가 한 짓이면 좋겠다. 근데 이건 여자 혼자 단독으로 저지른 범행이 아니야. 뭘로 깰 건데? 이걸로?"

 강이지가 주먹을 휘둘러 보이며 말을 이어 갔다.

 "한 장도 아니고 수백 장을? 주먹이 남아나겠냐, 아작이지. 피를 안 보려면 타월을 감고 쳐야 하는데 타월도 걸레가 될걸. 거기다 타월도 대박 큰 상자로 왕창 필요하다 이거야. 미안하지만 난 그렇게 무거운 거 연약해서……."

 시시껄렁한 잡소리를 뭐가 재미있다고 다들 제법 집중해서 듣고 있었다.

 "그럼 짱돌로? 짱돌 한 개에 유리 한 장. 대체 짱돌이 몇 개가 있어야 되는 거야? 포클레인으로 한 삽 실어 와도 완전 어렵지. 내 추리에 의하면 본 사건은 그래서 완전 힘 좋은 남자애들이 왕창 붙어서 저질렀다 이 말이지. 댑따 큰 망치 같은 걸로 쾅쾅! 오케이?"

 이제 그만하자, 나는 속으로 말했다. 하지만 뒷자리에서 누군가가 또 강이지가 계속 떠들어 댈 빌미를 제공했다.

 "워, 씨에스아이?"

"오! 너, 내가 사랑한다. 어울리냐? 내 꿈이 바로 그거 아니냐."

"웬 개꿈?"

"대박 꿈! 나 경찰대 갈 거야. 경찰관, 완전 쩔지 않냐?"

"푸하하! 진짜 완전 꿈이네. 꿈. 깨라. 개꿈."

"진짜야! 내가 경찰대에도 갔다 온 몸이야. 거기 있는 언니들한테 물어봤는데 공부도 완전 열심히 해야 되고 면접이랑 논문 준비도 해야 된다더만."

"오호, 쫌 아는데. 그러니까 경찰대에 갔다 왔단 말이지? 그냥 경찰 대학교 운동장에, 응? 그러니까 꿈 깨라는 거 아니야. 그래서 니가 뭘 열심히 하는데? 공부? 논문?"

"이것들이…… 운동 열심히 한다, 이것들아!"

뭔가가 터질 때는 결정적인 역할을 하는 열쇠가 있다. 풍선이 터지는 데는 바늘이, 유리창이 깨지는 데는 강아지 말마따나 주먹이나 망치, 돌멩이가 그 역할을 한다. 2년 전 엄마랑 부딪쳤을 때에는 리모컨이 그랬다. 이번에 나를 폭발시킨 건 '꿈'이라는 단어였다. 나는 나도 모르게 자리에서 벌떡 일어섰다.

"아, 씨발! 꿈이고 지랄이고 입 좀 닥쳐!"

일순간 교실이 찬물을 끼얹은 듯 잠잠해졌다. 내가 그토록 바라던 정적. 그러나 그 찬물을 내가 끼얹을 의도는 맹세코 없었다. 내 입에서 튀어 나간 소리지만, 미리 머릿속에서 조합한 문장이 아니었다. 아찔하고 난감했다. 뱉어 버린 말 때문이 아니라 뒷감당 때문에. 어쩔 수 없는 개입에 따르는 어쩔 수 없는 뒷감당 때문에. 두려움이 아닌 귀찮음 때문에.

  뜻밖인 건 강아지의 반응이었다. 복잡한 마음으로 한숨을 내쉬며 고개를 드는데 새파랗게 질린 얼굴이 눈에 들어왔다. 얼굴만이 아니었다. 온몸을 미세하게 떨고 있었다. 분노 때문이 아니라는 걸 직감으로 알았다. 그건 두려움이었다.

  처음보다 더 당황스럽고 난감했다. 다행히, 강아지가 숨을 깊이 들이마시더니 아무 소리 없이 제자리로 돌아가서 앉았다. 나도 자리에 털썩 주저앉았다. 정적. 그 많던 소리는 다 어디로 갔을까. 학생 부장의 같잖은 경고까지 그리웠다.

---

4월 15일

오늘 하루 내 마음은 ___쪽팔렸___ 했습니다.

왜냐하면
1. 언제: 아침 자습시간에
2. 어디서: 교실
3. 누구와: 강아지와
4. 무슨 일(말과 행동): 강아지가 꿈이 어쩌고저쩌고 지껄여서 씨발이라고 개꼬장 부린 것 때문에

잠시 눈을 감고 그때 내 마음을 떠올려 봅니다.
그리고 혼자 독백하듯이 3번 되뇌어 봅니다.
"아! 그때 내 마음이 ___쪽팔렸___ 했구나."
지금 내 마음은 ___다시는 그딴 짓 하지 말자___ 합니다.

자습 시간에 마음 일기를 썼다. 그리고 눈을 부릅뜬 채 마음속으로 수도 없이 되뇌었다. 아, 그때 내 마음이 쪽팔렸구나. 다시는 그딴 짓 하지 말자. 아, 그때 내 마음이⋯⋯. 다시는 그딴 짓 하지 말자, 다시는, 다시는⋯⋯.

온종일 두려움에 질린 강이지 얼굴이 머릿속에서 떠나지 않았다. 전혀 예상치 못한 표정이었다. 평소 강이지가 반 아이들한테 드러내는 모습과는 완전 딴판이었다. 차라리 내 머리카락이라도 움켜쥐고 드잡이를 벌였다면 훨씬 나았을 텐데.

강이지뿐만 아니라 다른 아이들에게도, 나는 얼음 역할을 톡톡히 해낸 모양이었다. 아이들의 일상은 여느 때와 크게 다르지 않았지만 어딘지 내 눈치를 살살 살피는 기색이었다. 점심시간에는 여전히 운동장에 나가서 공을 뻥뻥 차고 소리치고 웃고 떠들었다. 그러나 5교시 시작하기 직전에 교실에 들어와서는 숨을 몰아쉬면서도 소곤소곤 목소리를 낮추고 목을 잔뜩 움츠렸다.

내가 그렇게 괴물이었나? 학기 시작하고 한 달이 지나는 동안 나는 투명 인간처럼 지냈다. 다른 아이들한테 특별히 말을 걸지도, 관심을 두지도 않았다. 아이들도 마찬가지였다. 나한테 먼저 말을 걸어오는 경우는 없었다. 식당에서 밥 먹을 때도 나는 늘 혼자였다. 그게 편했다. 아이들 속에 파묻혀서 드러나지 않는 내가 편했다. 물속에 녹아 있는 산소처럼 아무도 내 존재를 신경 쓰지 않는 게 좋았다.

그래, 그동안은 아니었는지 몰라도 오늘 나는 충분히 괴물이었겠다는 생각이 들었다. 물방울 속에서 갑자기 산소가 손을 번쩍 들며, "나 산소야!"라고 소리친다면, 투명 인간이 갑자기 투명 외투를 벗고 환한 햇살 아래 벌거벗은 몸을 드러낸다면, 어느 누가 놀라지 않을 수 있을까.

그래도 학교에 남아 있었다. 이미 충분히 '쪽팔린' 짓을 해 버린 터에 슬그머니 도망까지 치고 싶지는 않았다. 내가 무단 조퇴를 하는 이유는 오늘과 같은 사태를 불러일으키지 않기 위해서였다.

보충 수업 끝나고 저녁 자습 시간, 나는 가방을 챙겨서 학교를 나왔다. 허가받은 하교였다. 엄마는 쿨샘에게 전화를 해 주었고, 쿨샘은 잠자코 자습 시간에 나를 빼 주었다. 이제 공식적으로는 스와힐리어를 배워야 할 시간이었다.

스와힐리어라는 언어에도 알파벳 같은 게 있다면 지금쯤 나는 그걸 읽고 쓸 단계에는 이르렀을 거다. 하지만 처음부터 내가 스와힐리어를 익힐 확률은 제로에 가까웠다. 그건 엄마도 알고 나도 알고, 그리고 쿨샘도 알 거라고 확신했다.

스와힐리어 교습을 받는 대신, 나는 동네 독서실에 다녔다. 집에 들어가는 것보다는 그 편이 나았다. 독서실에서 책을 읽기도 하고, 음악을 듣기도 했다. 하지만 오늘은 독서실도 내키지 않아서 정거장에 맨 처음 들어온 버스를 탔다. 버스 창밖으로 이어지는 낯선 동네를 바라보는데 전화기 진동음이 짧게 울렸다.

어디니?

59

쿨샘이었다. 쿨샘은 며칠에 한 번씩 문자를 보냈다.

스와힐리어 교습 받으러 가요.

거짓 문자였다. 가책은 별로 없었다.

너 이년, 공부 안 하고 연애질 하면 나한테 죽는다!

쿡, 웃음이 나왔다. 며칠 만에 처음으로 나온 진짜 웃음이었다. 나는 '네'라고 답장을 보내며 이렇게 중얼거렸다.
"연애질이라면 지긋지긋해요……."
내 연애 얘기가 아니다. 엄마 얘기다. 엄마의 그 깨알같이 가벼운 연애들. 요즘 엄마는 집에 들어서기 무섭게 묻는다.
"전화 온 거 없니?"
엄마가 또 연애를 한다는 증거였다. 그 연애가 시들해져 간다는 증거이기도 했다. 엄마 휴대폰을 놔두고 우리 집 전화로 엄마를 찾을 사람을 궁금해한다는 건, 이미 상대가 엄마한테 흥미를 잃었다는 증거였다.
엄마의 연애는 언제나 그런 식이었다. 식어 갈 무렵, 아니 엄마가 차일 무렵 어김없이 내 눈에 띄었다. 그 어김없는 패턴이 말해 주는 게 있었다. 엄마의 연애가 결코 뜨겁지 않다는 것. 언젠가 할머니가 그랬다. 세상에는 숨길 수 없는 게 세 가지 있다고. 첫째는 가난, 둘째는 재채기, 셋째는 사랑. 글자 모르는 우리 할머니도 아는 이치를 우리 엄마가 피해 갈 수는 없는 노릇이다.

내가 엄마의 연애 상대라고 해도 길게는 좋아하지 못할 거라고, 나는 늘 생각했다. 엄마의 연애를 훔쳐본 건 아니다. 다만, 엄마를 알기 때문이다. 엄마가 향해 있는 곳이 어디인지 알기 때문이다. 엄마의 시선은 딱 한 곳에 맞춰져 있을 뿐, 다른 방향은 모두 흐릿한 배경에 지나지 않는다. 나까지도. 아무리 마음이 넓고 이해심이 많은 남자라고 해도, 허구한 날 딴 곳에 마음을 빼앗겨 사는 여자를 끝까지 감싸 줄 수는 없을 거다. 우리 엄마가 아무리 아름답다고 해도.

엄마가 아빠 외에는 마음을 줄 수 없는 사람이라는 걸 확인한 순간이 있었다. 그날 엄마는 만취해서 들어왔다. 신발을 신은 채 거실로 들어와서 바닥에 널브러진 엄마가 주절주절 이야기를 늘어놓았다. 웬만큼 취해도 말수가 많아지는 걸 못 봤기 때문에 나는 일부러 텔레비전을 보는 척하며 귀를 열어 놓았다.

"야, 이순정! 니가 왜 이순정인지 아냐? 니 이름이 왜 순정인지 알어?"

나는 관심 없는 척하며 들었다.

"이민석이하고 나하고 죽도록 사랑해서 낳았으니까. 너무 사랑해서, 서로 순정을 다 바쳐 사랑해서 낳았으니까, 니가 순정인 거야. 이민석이가 우리 순정을 변치 말자고 그래서, 니 이름을 순정이로 지은 거야, 알어? 이민석이는 온다. 꼭 온다. 세상 사람들이 뭐라 그래도 나는 안다. 이민석이는 온다. 꼭 온다. 순정이 여기 있는데…… 꼭 온다."

피식, 나는 웃었다. 신파도 그런 신파가 없었다. 순정을 다 바쳐서 사랑한 남자가 딸 낳은 지 백일도 안 돼 도망을 치나? 하긴, 도망친 아빠가 더 현실적인지 모른다. 갓 스물 된 남자가 아이 아빠라니, 내가 생각해도 억장이 무너질 일이다. 오히려 아직도 스무 살 시절의 풋내 나는 연애를 잊지 못하는 엄마가 이상한 거다.

아무튼, 엄마는 순정을 다 바친 사랑에는 얽매일망정, 그 사랑의 결과로 태어난 또 다른 '순정'에는 그다지 관심이 없어 보였다. 아니, 관심을 보이거나 책임질 능력이 없었다.

아빠가 돌아올 거라고 철석같이 믿는 엄마의 연애가 끝이 좋을 리 없다. 십중팔구는 엄마의 얼굴에 반해서 다가왔다가 미적지근한 태도에 질려서 떠나갔다. 저 좋다는 사람을 밀어내지 못하고 그저 술친구쯤으로 여기며 어울리다가, 어느 날 갑자기 버림을 받는 게 엄마의 연애 패턴이었다.

문제는 엄마가 헤어지는 일에 약하다는 거다. 물에 물 탄 듯 술에 술 탄 듯한 연애인데도, 막상 이별이 닥쳐오면 한동안 힘들어했다. 그건 엄마가 태어날 때부터 짊어지고 나온 숙명 같았다. 엄마는 아빠와의 치명적인 이별뿐만 아니라, 모든 이별을 힘들어하는 사람이었다.

나는 그런 엄마를 지켜보는 게 힘들었다. 점점 더 힘겨워지고 있었다. 내가 해야 할 일과 할 수 있는 일 사이의 격차가 너무 크다.

나는 감히 꿈 같은 건 꾸지 못하는 처지였다. 오늘 내가 진정으로 쪽팔렸던 건 강이지를, 강이지의 꿈을 질투하는 내 자신이었다.

## 내 마음은 미안합니다

"마음 일기는 어때? 한 달이 다 되어 가는데."
자치 시간에 쿨샘이 물었다.
"모르겠어요."
"별 느낌 없어요."
"샘 댓글이 재밌어요."
"대략 난감이에요."
다들 거기서 거기였다. 왜 써야 하는지는 잘 모르지만 쿨샘이 달아 주는 댓글은 재미있다는. 재미라고 표현했지만 사실 쿨샘의 댓글은 은근한 마력을 지니고 있었다. 길고 자상하게 상담을 해 주는 것도 아니다. 그냥 한마디 툭 던지듯 달아 주는 데도 묘한 중독성이 있었다.
내가 쪽팔렸다고 쓴 날 쿨샘의 댓글은 이랬다.
'아, 그거 참 힘들었겠다. 나도 쪽팔리는 거 참 싫어하는데, 쩝.'
일기장에 분명 강이지한테 개꼬장 부려서 쪽팔렸다고 썼는데,

그 부분에 대한 언급은 없었다. 다행이었다.

며칠 동안은 순전히 댓글이 어떻게 달리는지 궁금해서 아무 말이나 써 보기도 했다.

수학은 아무리 들어도 이해가 안 되고, 그때 내 마음은 수학을 싫어했구나, 였으며 지금 내 마음은 내 머리가 돌이구나 싶다, 라고 썼더니 이런 댓글을 달아 주었다. '내 머리가 돌이구나'라는 문장에 밑줄을 좍 긋고 이렇게.

'네 머리가 그렇게 돌은 아녀! 그냥 수학에 장애가 좀 있을 뿐이지. 괜찮아. 그 정도 머리면 세상 사는 데 아무 지장 없어.'

하루 종일 목이 간질간질, 몸이 으슬으슬 안 좋았는데, 자려는 순간 좀 나아졌다고 썼을 때는 이런 댓글이 달려 있었다.

'이 부실한 논! 뼈에 가죽만 발라 놓은 것 같아서, 원. 살집이라도 있어야 덜 아프지. 내 살 좀 가져가라, 제발!'

쿨샘 댓글의 마력을 한마디로 정의하기는 힘들다. 내 경우를 따져 보면, 숨이 막혀 곧 죽을 것 같을 때 가는 빨대를 통해 들어온 한줄기 공기 같다고 할까. 댓글을 읽으면 소통하는 느낌, 혼자가 아니라는 느낌이 들었다. 내 하찮은 얘기를 들어 주고, 고개를 끄덕여 주는 사람이 하나라도 있다는 건 생각보다 큰 위안이었다.

"마음을 쓰라고 했더니 웬 생각들을 그렇게 많이 쓰냐?"

쿨샘이 말했다.

"그게 그거잖아요. 마음이나 생각이나."

강이지가 씩씩하게 대꾸했다.

강이지는 예전 모습 그대로였다. 그 일이 있은 뒤 나와 몇 번 마주치기도 했지만, 아무 내색도 하지 않았다. 나는 강이지가 아주 세거나 아니면 아주 약한 애일 거라고 생각했다.

"일기장 맨 앞에 마음과 생각의 다른 점도 써 놨잖아. 읽어 보란 말이야."

그때 어떤 애가 쭈뼛쭈뼛 손을 들었다. 굳이 손까지 들어 가면서 얘기하는 분위기가 아니었기 때문에 다들 의아한 얼굴로 그 아이를 보았다. 이름을 모르는 아이였다. 아니, 얼굴도 처음 보는 것처럼 낯설었다.

"김선경, 손 안 들어도 돼. 할 말 있으면 그냥 해. 괜찮아."

쿨샘이 말했다.

"저기…… 읽어는 봤는데 저도 헷갈려요. 마음이 뭐고 생각이 뭔지……."

그러고 보니 목소리도 생소했다. 내가 무심한 것인지, 김선경이라는 그 아이가 워낙 조용하게 지낸 건지, 알 수가 없었다. 아무튼, 전혀 드러나지 않던 애가 손을 들고 질문을 다 하다니, 그 아이한테는 꽤 궁금한 문제였던 모양이다. 쿨샘도 전에 없이 진지하게 대답을 시작했다.

"보자, 마음과 생각, 헷갈리지. 구분하는 방법이 있어. 생각은 옳고 그름을 판단하고, 마음은 좋고 싫음으로 나타나. 맞춰 봐. 새벽에 알람이 울려. 일어나야 하는데, 는 생각이냐 마음이냐?"

여기저기서 자신 없는 목소리로 생각이요, 마음이요, 웅성거렸다. 그러자 쿨샘이 설명했다.

"일어나야 하는데, 는 일어나야 옳다는 거잖아. 안 일어나면 안 옳다는 거지. 그럼 뭐야."

"생각이요!"

다들 입을 모아 소리쳤다.

"알람은 울리는데 더 자고 싶다, 더 자면 좋겠다, 는 뭐야."

"마음이요!"

"바로 그거여! 광화문 한복판에서 빅뱅 태양한테 백 허그를 받고 싶다, 이건 뭐야?"

"꺅! 완전 마음이요!"

"여기서 헛꿈 꾸지 말아야지, 는 뭐고?"

"생각이요."

"헷갈리면 이것만 잊지 마. 옳고 그름이냐, 좋고 싫음이냐. 오케이?"

"네!"

"근데 생각이랑 마음이 붙으면 누가 이길까?"

이번에는 조용했다.

"마음이 더 세, 훨씬."

"이성이 더 발달한 사람도 많잖아요. 이성이 바로 생각, 맞죠, 샘? 마음이 더 세다는 증거가 뭔가요?"

강이지가 우쭐대며 물었다.

"노, 노, 노. 이성이 아무리 발달해도 마음은 못 이겨. 강이지, 니가 어떤 남자애를 보고 한눈에 뿅, 갔어. 걔가 완전 좋은 거야. 근데 여친이 있네? 그럼 어쩔 거야?"

"당근 티를 안 내죠. 임자 있는 애한테 껄떡대다니, 쪽팔리잖아요."

"그건 니 생각이고. 그래야 옳다는. 근데 그렇게 생각한다고 순식간에 니 맘이 식어 버릴까? 아니면 안 된다는 걸 알면서도 얼굴만 보면 두근두근할까?"

"그거야……."

"마음은 진짜 마음대로 안 되는 거야. 어떤 새끼가 미워 죽겠어. 꼭 한 번 패 주고 싶어. 이성이 있으니까 꾹꾹 참고는 있는데 참을수록 더 미워져. 참는 건 생각이고, 미운 건 마음이지. 참고 참고 또 참으면 미운 게 없어질까? 아니면 폭발할까."

'폭발이요…….'

나는 속으로 대답했다. 참는 것과 폭발하는 것의 상관관계는 누구보다 잘 아는 나였다. 고개를 끄덕이는 아이들이 많은 걸로 봐서, 나만 아는 사실은 아닌 것 같았다.

"마음은 생각으로 억누른다고 사라지는 게 아니야. 좋은 마음이든, 싫은 마음이든. 억누르면 사라지는 게 아니라 숨어 있는 것뿐이야. 억눌린 건 언젠가는 터지지. 근데 억눌린 마음을 없애는 방법이 있어. 저절로 스르르 풀려서 없어지게 하는 방법."

귀가 솔깃했다.

"간단해. 마음을 알아주는 거야. 싫은지 좋은지, 슬픈지 기쁜지,

그때그때 알아주는 거."

"에이, 완전 허무해요."

누군가 김빠진 소리로 말했다.

"허무해도 할 수 없어! 마음이 그래. 네가 잔뜩 화가 났어. 근데 내가 거기다 대고 별일도 아닌데 지랄이야, 그러면 기분이 풀리니?"

"완전 빡돌죠."

"화가 많이 났구나. 화나서 어떡하니? 힘들겠다, 그러면?"

"완전 쩔죠. 울 엄마가 그러면 울 걸요. 감동해서."

"그래, 똑같아. 다른 사람 말고, 네 스스로가 알아줘도 마음은 감동해서 풀어지는 거야."

"기쁜 마음은 풀어지면 손해잖아요."

"야, 기쁘다고 미친 듯이 날뛰다가 넘어지면 다쳐. 지나친 건 안 좋은 거여. 김선경!"

"네?"

"강이지!"

"네?"

"김예리!"

"네?"

갑자기 쿨샘이 이름을 불러 댔다. 출석 확인을 할 일도 없는데 말이다. 아이들도 다들 어리둥절한 눈치였다.

"이순정!"

"……?"

너무 갑작스러워서 나는 대답을 못하고 말았다. 주변이 조용해졌다.

"이순정!"

쿨샘이 다시 내 이름을 불렀다.

"네……."

나는 나직하게 대답했다.

"봐라! 내가 계속 부르는데 순정이가 생까면 내가 승질나냐, 안 나냐? 나, 순정이 저 지지배가 끝까지 대답 안 했으면 한 대 쥐어박았을 거다. 기분 팍 상해서."

이번에는 아무도 대꾸하지 않고 쿨샘의 다음 말을 기다렸다.

"마음도 마찬가지야. 마음은 한시도 쉬지 않고 너희를 부르고 있다 이 말이야. 아프다고 부르고, 슬프다고 부르고, 외롭다고, 힘들다고, 기분 째진다고…… 계속 너희를 부르고 있다 이 소리야. 그러면 봐 줘야 할 거 아니야. 대답을 해 줘야지. 강이지. 넌 네 마음이 부르면 대답하니?"

"아뇨. 부르는지 모르고 사는데요."

"너만 그런 게 아니라 우리가 다 그래. 마음을 너무너무 안 봐 줘서 마음이 자꾸만 토라져. 토라지다가 빡돌아. 빡돌면 뭔 짓을 할지 몰라. 위험해져. 그래서 마음 일기를 써 보라는 거여. 마음을 보는 연습을 해 보라 이 말이여. 알겠냐?"

"사고 치지 말고 얌전히 살라는 말씀이세요?"

김선경이 이번에는 손을 들지 않고, 제법 당찬 질문을 했다. 쿨 샘이 두 손을 세차게 흔들며 말했다.

"아녀, 아녀, 그 반대여. 강해지라고 그러는 거여. 오해하지 말어. 내가 내 마음을 알아주면 다른 사람이 나를 어떻게 보든 흔들리지 않게 돼. 누구 때문에 힘들고, 누구 때문에 살 것 같고, 누구 때문에 죽고 싶고, 그건 게 아니라 그냥 나 혼자서도 꿋꿋하게 살 수 있다는 뜻."

"샘은 그런 경지에 오르셨나요?"

강이지가 물었다.

"오르기는……. 그랬으면 내가 만날 식식거리겠냐? 나도 아직 멀었다. 니들이나 나나 그냥 될 때까지 연습하자. 됐냐?"

"샘이 설명할 때는 쫌 이해했는데 벌써 다 까먹었어요. 너무 어려워요."

강이지 말에 동감이었다. 나름대로 재미있게 들었는데 확실하게 손에 잡히지 않았다. 감동적인 영화를 보고 나오는데 장면은 생각나지 않고 운 기억만 남은 심정이랄까. 그래도 마음과 생각의 차이는 좀 알 것 같았다. 옳고 그름, 싫고 좋음.

"지금부터 백지를 꺼내서 카드 열두 장을 만들어 봐."

느닷없는 주문에 또다시 교실이 술렁거렸다.

"종이를 찢든 오리든 암튼 열두 장. 그걸로 재미있는 테스트 해 보자. 평소에 몰랐던 자기 마음에 대해서 알아보는 거야."

재미있는 테스트라는 말에 모두 눈을 빛내며 카드를 만들기 시작했다. 나도 연습장 한 장을 찢었다. 준비가 끝나자 쿨샘이 입을 열었다. 다들 쥐 죽은 듯 귀를 기울이고 있었다.

"맨 먼저, 가족이나 친척 중에 좋아하거나 중요하다고 생각되는 사람 세 명을 적어 봐. 카드 한 장에 한 명씩."

할머니, 엄마……

둘을 쓰고 나니 막막했다. 외할머니는 계시지만 사진으로 본 얼굴도 가물가물하다. 엄마는 스무 살에 나를 낳고 혼자 살기 시작하면서 외갓집과는 거의 발길을 끊은 듯했다. 뭐, 쫓겨났는지도 모르지만. 그러니 외할머니를 쓰는 것도 내키지 않았다. 그럼 아빠는? 외할머니보다 더 깜깜한 존재인데?

아빠.

나를 낳아 준 사람이라서 아빠를 쓴 건 아니었다. 그보다는 엄마에 대한 의리라고 할까, 엄마가 그토록 못 잊는 사람에 대한 존중 같은 거였다.

"다음은 가장 소중한 친구 한 명."

난감했다. 중학교 때 말을 섞고 지낸 아이들은 몇 있지만 결코 친하다고 할 수는 없었다. 고등학교에 와서도 마찬가지였다. 소중하다고 생각될 만큼 친한 친구가…… 없었다.

강이지.

왜 그때 강이지가 떠올랐는지는 모르겠다. 강이지가 이 사실을 알면 기절초풍하겠지만 그냥 그렇게 썼다. 소중한 게 아니라 인상 깊은 친구라고 내 나름대로 해석을 내리고.

"다음, 소중하게 아끼는 물건이나 꼭 갖고 싶은 물건 두 개를 써. 카드 한 장에 하나씩."

이번에도 금세 떠오르는 게 없었다. 그다지 값나가는 물건이 있는 것도 아니고 아끼는 것도 없었다. 갖고 싶은 물건은?

휴대폰과 자동차.

휴대폰은 지금 갖고 있는 물건 가운데 가장 쓸모가 있어서, 자동차는 있다면 답답할 때 어디든 갈 수 있을 것 같아서.

"그다음에는 살아가면서 가장 중요하다고 생각하는 가치 두 가지. 이를테면 사랑이나 우정 같은 거 있잖아."

곰곰이 생각해 보니 나는 살아오면서 뭘 중요하게 여긴 적이 없었다. 도대체 무슨 생각을 하면서 살았나 싶었다. 그래도 뭔가 쓰긴 써야 했다.

사랑, 두루두루 많은 걸 포함하는 가치니까 무난할 것 같았다. 다른 한 가지는 의리. 이건 좀 복잡한 심정에서 비롯된 거였다. 무책임한 아빠에 대한 경고, 엄마를 대하는 내 태도에 대한 다짐, 한번 마음으로 배신한 할머니에 대한 참회 같은 게 뒤섞인 가치였으니까.

"이번에는 각자의 멘토 한 사람."

멘토. 역시 어려운 항목이었다. 사실, 다른 항목에 비해서 가장 먼저 떠오른 얼굴이 있었다. 쿨샘. 평소에 쿨샘을 멘토라고 생각해 본 일은 없었다. 멘토라는 단어와 함께 저절로 떠오른 얼굴이 쿨샘이었을 뿐이다. 하지만 나는 쿨샘 대신 '한비야'라고 적었다. 꽤 흥미롭게 읽은 책을 떠올리면서.

"다음, 하고 싶은 일이나 갖고 싶은 직업, 또는 대학에서 전공하고 싶은 학과 중에서 두 개."

가장 큰 난관이었다. 미래라는 단어를 떠올리자마자 가슴이 꽉 막혀 왔다. 내게 미래가 있을까? 교실은 조용했다. 거침없이 적는 아이도 있고, 고개를 치켜든 채 곰곰이 생각하는 아이도 있었다. 나도 생각했다. 미래라는 주제에 나를 놓고 생각해 본 적이 있었나 싶었다. 어느 순간, 나도 모르게 입가에 웃음이 걸렸다.

농부.

그건 할머니와 함께하는 생활이었다. 어쩌면 유토피아 같은 거라서 이루어지기는 요원한 일, 그렇지만 생각만 해도 행복한 일이었다.

그다음 한 가지는 문예창작과라고 적었다. 쓰면서 멋쩍기는 했다. 중학교 2학년 때 담임이 지나가는 말처럼 언급한 학과였기 때문이다.

'글은 잘 쓰네. 이담에 문예창작과 가면 되겠다.'

그때 그 말을 하게 만든 글이 반성문이었다는 게 좀 씁쓸하기는 하지만 아무튼 그랬다.

"이제 카드 한 장 남았지?"

"네."

"거기에는 '나 자신'이라고 써."

나 자신.

"지금까지 적은 카드를 책상 위에 늘어놔. 그 카드 열두 장 속에 너희들이 소중하게 생각하는 사람과 물건이 있지?"

 "네."

 "그럼 이제부터는 버릴 차례야."

 "예?"

 "버려요?"

 "왜요?"

 "헉……."

 온갖 반응이 쏟아졌다. 미처 예상치 못한 일이라 의아하긴 나도 마찬가지였다.

 "이년들아, 누가 진짜로 버리래냐? 나한테 가장 소중한 게 무엇인지 알아보려고 편의상 하는 테스트야. 민감하게 굴지 마라, 워 워."

 소란은 잦아들지 않았지만 쿨샘은 말을 이어 갔다.

 "열두 개 카드 중에서 가장 덜 소중하다고 생각되는 것 네 개를 먼저 버려."

 투덜거리는 소리들이 쏙 들어갔다. 나는 휴대폰과 자동차, 한비야, 문예창작과가 적힌 카드를 접어서 한쪽에 놓았다. 망설여진 카드는 없었다.

 "다음엔, 나머지 카드 중에서 세 개를 버려."

 사랑, 농부, 강아지.

 사랑이라는 가치는 너무 두루뭉술해서 미련이 없었다. 굳이 농부가 안 되어도 할머니 곁에 있을 수는 있다. 강이지를 버리면서 조금 찔렸다. 본인은 상상도 못할 텐데 내 마음대로 선택했다가 마음대로 버리는 게 걸려서.

"이번엔 두 개를 더 버리자."

그 대목에서 아이들이 술렁거리기 시작했다. 더 버릴 게 없다고 소리치는 아이도 있었다. 나는, 더 버릴 게 있었다.

나 자신. 크게 미련 없었다. 그리고 의리. 내가 없어진 터에 지켜야 할 의리가 무슨 의미가 있겠나.

"또 한 개 더."

여기저기서 한숨이 터져 나왔다. 나는 아직 버릴 카드가 있었다.

아빠.

그런데 아빠 카드를 집어서 한쪽으로 치우는 순간, 뜻밖의 감정이 밀고 올라왔다.

상반되는 두 가지 감정이었다. 하나는 여태까지 아빠를 살려 두었구나, 하는 새삼스런 감정. 쓸모로만 따지면 아빠라는 존재는 처음에 버린 휴대폰만도 못한 사람이었다.

또 다른 감정은 아, 픔, 이었다. 전혀 예상치 못한 감정 앞에서 나는 당황스러웠다. 눈곱만큼도 아플 리가 없는데 아픔이라니. 아빠는 내게 전혀 현실감이 없는 존재였다. 가끔 엄마나 할머니 앞에서 아빠를 입에 올리기는 했지만 책이나 신문에 나오는 사람처럼 멀고 낯선 존재일 뿐이었다. 무책임한 인간이라는 생각은 했지만 그 무책임 때문에 미운 감정이 드는 일도 없었다. 간혹 어떤 사람인지 궁금하기는 해도 아주 건조한 호기심 정도였다. 그리움 같은 건 더더욱 없었다.

그런데 아팠다. 아빠를, 내가 버린다는 사실이 어처구니없게 아팠다. 어쩌면, 혹시 어쩌면 나는 아빠를 찾는 내 마음의 외침을 외면하거나 억눌러 온 거였을까? 오랫동안?

"마음에는 층이 많아. 하나의 마음을 들추면 그 밑에 미처 몰랐던 또 다른 마음이 있지."

내 마음을 들여다보기라도 한 것처럼 쿨샘이 말했다.

"테스트 끝까지 하면서 밑에 있는 마음을 살펴보시게."

그 마음이라는 걸, 나는 이미 한 번 본 것 같았다.

"이제 두 장이 남았지? 마지막으로 한 장을 버리자."

이번에는 한숨 소리도 불평도 들리지 않았다. 조용한 교실이 오히려 아이들의 깊어 가는 고민을 대변하고 있었다. 그건 나도 마찬가지였다. 할머니와 엄마. 할머니…… 엄마……. 너무 힘들고 아픈 선택이었다. 다시는 되풀이하고 싶지 않은 선택. 나는 차마 어떤 카드도 고를 수 없었다.

그때였다. 갑자기 훌쩍이는 소리가 났다. 틀림없이 감정이 복받쳐서 우는 소리였다. 나는 고개를 돌리지 않았다. 쿨샘 목소리가 들려왔다.

"윤미, 왜 그려."

이윤미. 내가 우리 반에서 얼굴과 이름을 아는 몇 안 되는 아이 가운데 하나였다. 전교 1, 2등을 다투는 반장쯤 되면 모르려야 모를 수 없는 존재니까.

"너무…… 마음이 아파서…… 아빠한테 너무 미안해서……."

이윤미가 울먹였다. 마지막으로 아빠를 버린 모양이었다.

"그럼 아빠를 선택하지 그랬어……."

쿨샘이 안쓰러운 듯 말했다. 이윤미의 울먹임이 뒤를 이었다.

"아빠한테는 너무 미안한데…… 엄마를 버릴 수가 없어요. 전 엄마 없이는…… 살 수가 없어요."

그 순간, 여기저기서 훌쩍이는 소리가 터져 나왔다. 나뿐만 아니라, 이윤미뿐만 아니라 모두가 힘든 선택을 하고 있었던 거다. 새 학기가 시작된 뒤 처음으로 동지애 같은, 소속감 같은 것이 일었다. 나는 마지막으로 버릴 카드를 두 손바닥 안에 꼭 쥐고 속으로 말했다.

'난 안 울어. 울 자격이 없잖아. 할매, 할매는 나 없어도 살 수 있지? 마산댁 할매도 있고, 감나무집 할매도 있고, 이장님도 있고, 그지? 미안해. 근데 엄마 옆에는 아무도 없잖아. 할매, 두 번씩이나 배신 때렸는데, 그래도 오고 싶으면 아무 때라도 오라고 할 거야? 미안해…….'

마지막으로 쿨샘은 테스트를 한 소감을 말해 보라고 했다. 하나같이 힘들었다고, 다시는 하고 싶지 않다고 했다. 대다수의 아이들이 마지막으로 선택한 사람은 엄마였다. 하지만 엄마를 선택하기 위해 버린 사람들에 대한 미안함과 죄책감으로 녹초가 된 모습이었다. 개중에는 '나 자신'을 선택한 아이도 몇 있었다. 강이지도 그

가운데 하나였다. 나는 강이지가 진짜 센 아이일지도 모른다고 생각했다.

"테스트해 보니까 신기하지? 이런 마음이 있었나 싶지?"

쿨샘이 짐짓 힘찬 말투로 물었다. 평소 쿨샘 앞에서만큼은 마음껏 조잘대던 아이들이 시큰둥, 반응이 없었다. 대답 대신 너무 힘들었다면서 책상에 푹 엎드린 아이도 있었다. 그 아이의 행동이 다시 아픈 곳을 찔렀는지, 두셋이 또 코를 훌쩍이기 시작했다. 쿨샘은 교실을 휘둘러보더니 다시 입을 열었다.

"테스트라니까! 누가 진짜로 버리래, 지지배들아. 어휴! 다시 해 보면 또 바뀔 거여. 마음은 수시로 바뀌는 거여. 진짜 버리고, 진짜 버림받은 게 아니란 말이여. 요 마음 약한 것들 같으니라고……."

아이들은 아무 대꾸가 없었다. 비록 마음이지만, 한번 버린 소중한 것들, 그리고 소중한 사람들에 대한 죄책감이 길게 이어지고 있었다. 똑같은 사람을 두 번 버린 나도 있는데.

쿨샘은 잠자코 아이들을 지켜보았다. 마음이 이끄는 대로 선택했지만, 그 선택의 옳고 그름을 판단하느라 복잡한 생각에 빠진 아이들을 묵묵히 지켜봤다. 이미 마음의 결정을 내린 뒤에 드는 생각들. 쿨샘 말대로 결국 생각을 이긴 건 마음이었다. 하지만 나는, 나는 과연 마음을 따라서 선택했을까? 자신 없었다.

이윽고 쿨샘이 다시 입을 열었다. 동그란 눈을 더 동그랗게 뜨면서 이렇게.

"근데 니들 그거 아냐? 우리 학교에 우리 반 애 초상화 있다?"

뜬금없는 소리에 좀 전까지 풀 죽어 있던 아이들이 기지개를 켜듯 고개를 쳐들었다.

"미술실 앞 복도 있지. 거기에 왕 커다란 인물화가 하나 걸려 있거든?"

몇몇이 알아요, 라고 맞장구를 쳤다. 쿨샘이 그 아이들을 보며 비밀 얘기라도 나누듯 은밀하게 속삭였다.

"그림 속에 있는 개, 우리 반 김예리랑 완전 닮았잖아. 니들은 몰랐어?"

아이들이 일제히 고개를 돌려서 뒷자리에 있는 한 아이를 보았다. 내 눈길도 어느새 그 아이에게 가 있었다. 얼굴이 동그랗고 안경을 낀, 아주 평범하게 생긴 아이였다. 늘 그 자리에 있었겠지만 처음 보는 것처럼 낯설었다. 평소 조용한 성격이었던 게 틀림없다. 김예리라는 아이는 갑자기 쏟아지는 시선에 적잖이 당황한 모습이었다.

"시간 나면 가서 봐. 완전 닮았다니까."

쿨샘은 그 말을 남기고 교실을 나갔다. 그러자 아이들은 언제 의기소침했나 싶게 잽싼 동작으로 자리를 박차고 일어나 우르르 몰려 나갔다. 당사자인 김예리를 비롯한 대여섯 명, 그리고 나만 교실에 남아 있었다.

# 내 마음은 당황스럽습니다

 오월이 깊어 가고 있었다. 황사 바람이 몇 차례 불었고, 학생 부장은 여전히 유리를 깬 범인을 잡지 못했다. 잡히기만 하면 가차 없이 퇴학시킨다고 으름장을 놓았지만 무서워하는 사람은 아무도 없었다. 아이들은 은근히 학생 부장이 거품을 무는 모습을 즐기고 있었다.
 그사이 우리 반은 체육 대회에서 피구 우승을 차지했다. 막강 1반을 제치고 우리가 우승할 거라고 예상한 사람은 많지 않았다. 우승 상금으로 10만원을 받았다. 덕분에 학급비를 걷지 않고도 반 기금이 마련됐다.
 쿨샘의 바람대로 우리 반은 체육반이 되어 가고 있었다. 아이들은 여전히 점심시간이면 우르르 몰려 나가서 축구를 했다. 5교시에 정치 수업이 있던 어느 날, 쿨샘이 들어오더니 인상을 잔뜩 찌푸리며 말했다.
 "이년들아, 제발 좀 5분만 일찍 들어와서 땀 좀 식혀. 그러니까 수업 시간에 졸리지. 창문 다 열어!"

창가에 앉은 아이들이 후닥닥 유리창을 열었다. 쿨샘은 운동장에서 체육하는 남자애들을 한참 바라보더니 입을 크게 벌리고, 그러나 목소리는 작게 소리쳤다.

"야, 이놈의 새끼들아!"

그러고는 잠시 뜸을 들였다가 푸념을 했다.

"날씨 되게 좋네, 씨. 내가 왜, 왜, 왜, 이렇게 좋은 날, 내가 왜 수업을 해야 하는 거여, 어? 엉엉엉."

아이들이 완전 맞아요, 우리도 억울해요, 어쩌고 맞장구를 쳤다. 그러자 쿨샘이 말했다.

"얘들아! 아, 진짜 난 학교랑 안 어울리지 않냐? 내가 학교를 얼마나 싫어하는데……. 너무 오래 학교를 다니고 있는 거 아니냐고. 대체 몇 년째 학교를 다니는 거야?"

아이들이 키득키득 웃음을 터뜨렸다. 쿨샘은 하소연하듯 두 손을 앞으로 뻗으며 말했다.

"이런 날, 교실에 가만 앉아 있는 건 죄악이여. 이렇게 좋은 날 가만 앉아 있으니까 잠만 오지. 안 졸리는 게 사람이냐? 졸릴 때 수업하는 건 법으로 막아야 돼. 그래, 안 그래?"

"그래요!"

"우리도 나가요!"

"그려? 그려! 나가. 나가 놀아. 대신 다시는 들어오지 마라, 음하하하!"

쿨샘만의 수업 방식이었다. 지치고 무료한 5교시면 쿨샘은 10분쯤 수업과 상관없는 얘기로 교실을 활기차게 만들었다. 그런 다음 열강하는 스타일이었다. 쿨샘의 수업은 재미있고 귀에 쏙쏙 잘 들어오기로 이미 온 학교에 파다하게 소문난 터였다.

"아, 그리고 야자를 지긋지긋하게 싫어하는 년들한테 희소식!"

떠들썩하던 아이들이 잠잠해졌다.

"일주일이나 이 주일에 한 번씩 야자 시간에 활동할 소모임을 짤 거야. 마음 일기가 재미있거나, 마음에 대해서 더 알고 싶은 사람은 신청해. 공부하고 싶어 죽겠는 년들은 그냥 공부하고. 괜찮아. 알아서 선택해. 오늘 저녁부터 할 거니까, 하고 싶은 사람은 야자 시간에 예절실로 올 것."

학교가 싫고 학교와 안 맞는다는 쿨샘의 말은 사실인지도 모른다. 그렇지만 한 가지 확실한 건 학생을 싫어하는 선생은 아니라는 거다.

5교시 끝나고 쉬는 시간, 화장실을 다녀오는데 누군가 내 등을 쿡 찔렀다. 나도 모르게 신경질적으로 고개가 돌아갔다. 쿨샘이 눈앞에 있었다.

"깜짝이야! 너, 이년! 이 눈으로 애들 꼬나보냐? 어유, 정떨어져서 옆에 가겠냐?"

"어차피 아는 체하는 애들도 없어요."

나는 멋쩍어서 우물쭈물 대답했다. 쿨샘이 꿀밤을 꽁 먹이며 말했다.

"자랑이다. 이따 예절실로 와."

"네?"

"당근 와야지. 너 야자 빼 줬잖아. 가는 게 있으면 오는 게 있어야 할 거 아녀, 기브 앤 테이크다, 이년아."

나는 저항하지 않았다. 떳떳하게 스와힐리어를 배우고 있다면 모를까. 신청한 사람만 받겠다는 쿨샘의 공언은 허언으로 드러났다. 적어도 나한테만은.

예절실에 모인 아이는 나까지 여덟 명이었다. 쿨샘 말로는 일곱 명이 더 있는데 팀을 나눴다고 했다. 아무튼 내가 속한 모임에 강이지가 들어 있었다. 강이지는 스스로 알아서 신청했을 거라고, 나는 생각했다. 지난번 자치 시간에 새로 눈에 들어온 아이도 둘 눈에 띄었다.

예절실에는 방석 여덟 장이 둥그렇게 놓여 있었다. 다 같이 둘러 앉아서 뭘 할 모양이었다. 마주 앉을 수밖에 없는 형태. 생각만으로도 발가락이 오그라드는 것 같았다.

"이 모임의 이름은 마음 나눔 반이야. 우선 이 모임에서는 처음 만났으니까 서로 인사나 나누자."

모두 자리에 앉자 쿨샘이 입을 열었다. 예절실에서 본 쿨샘은 교실에서와 달리 사뭇 진지했다.

"안녕, 애들아. 너희도 알다시피 난 우리 반 귀요미 강이지야."

아니나 다를까, 강이지가 먼저 입을 열었다. 그리고 차례차례 소개가 이어졌다. 나는 우물쭈물 이름만 말했다. 정말이지 내가 딱 싫어하는 자리였다.

"안녕, 존재감이 없어서 잘 모르겠지만 난 선경이야, 김선경."

내 뒤로 세 명이 더 남아 있었다.

"존재감 없기는 나도 마찬가진데, 난……."

하마터면 그 애들 이름이 다 똑같은 '존재감'인 줄 알 뻔했다. 존재감이라는 게 그렇게 중요한가? 대체 존재감이 뭔데? 나는 존재한다는 사실 자체를 감당하기 힘든 사람이다.

"이 모임에서는 말 그대로 마음을 나눌 거야. 마음 중심으로 얘기할 거야. 그래서 시작하기 전에 서약할 게 있다."

자기소개가 끝나자 쿨샘이 말했다. 서약이라는 말에 살짝 긴장감이 감돌았다. 가뜩이나 장소도 예절실인 데다, 평소답지 않게 진지한 쿨샘의 모습에 주눅이 다 들 지경이었다.

"힘들게 속마음을 털어놓았는데 여기저기 소문나면 기분 좋을 사람 없잖아? 그래서 여기서 들은 얘기는 절대로 밖에서 하지 않겠다는 약속이 필요해. 동의하지?"

아이들이 잠자코 고개를 끄덕였다. 예절실 가득 무거운 침묵이 흐르고 있었다.

"야! 내가 잡아먹냐? 비밀을 털어놓아라, 협박할 것 같아? 아니거든? 얘기하고 싶은 사람만 해. 하기 싫은 사람은 그냥 구경만 하고. 릴랙스 해라. 앉아 있기 힘들면 누워 있어도 돼. 심심하면 창가에 가서 물구나무를 서도 되고. 알았어?"

그제야 아이들 입가에 배시시 웃음이 걸렸다. 나도 한결 마음이 편했다. 아니, 마음이 푹 놓였다. 나는 기꺼이 구경하는 쪽을 택하기로 했다.

"그럼 이제부터 마주 앉은 사람끼리 짝이 되는 거야. 그 사람이랑 편한 자리에 가서 책상다리하고 마주 앉아. 그리고 한 사람이 살짝 비껴서 앞으로 다가앉아. 그럼 앞사람 귀에 대고 조용히 얘기할 수 있어. 주의 사항! 친구가 얘기를 하는 동안에는 잘 들어 주기만 해. 절대로 판단을 내리지 마. 잘못했다거나, 잘했다거나, 하는 지적질 하지 말고 그냥 들어 줘. 들어 주고 공감해 주기만 해. 힘들겠다, 재미있었겠다, 하는 식으로 공감만 하는 거야."

아이들이 둘씩 짝을 짓기 시작했다. 아뿔싸! 내 짝은 강이지였다. 식은땀이 날 것만 같았다. 강이지는 아무렇지도 않은 표정이었지만 속내는 다를 터였다. 그런 와중에 둘이서 귓속말로 마음 얘기를 주고받아야 하다니. 하지만 이제 와서 자리를 털고 일어날 수도 없었다. 그건 지난번보다 더 황당한 꼴을 보여 주는 격이니까. 나는 강이지가 눈치 못 채게 호흡을 가다듬었다. 쿨샘 목소리가 들려왔다.

"자리 잡았으면 짝한테 이렇게 물어봐. '요즘 너는 어떠니?' 질문을 받은 사람은 무슨 얘기를 해도 좋아. 다만 자기 상황이 아니라 마음 상태를 중심으로 얘기해. 자, 그럼 벽을 등지고 앉은 사람들부터 시작하자."

내가 먼저 물어야 했다. 나는 최대한 담담한 말투로 물었다.

"요즘 넌 어떠니?"

강이지가 헛기침을 하며 생긋 웃었다. 그러더니 자세를 고쳐 앉으며 고개를 치켜들었다.

"음…… 요즘 나는…… 나는……."

시간이 얼마나 흘렀을까. 예상치 못했던 일이 벌어졌다. 처음엔 바닥을 내려다보며 강이지의 대답을 기다리고 있었다. 뜸을 들일 만큼 들인 것 같은데 대답이 없기에 슬그머니 강이지의 얼굴을 보았다. 눈물이…… 흐르고 있었다. 강이지가 울고 있었다. 고개를 푹 숙인 강이지의 코끝에서 눈물이 쉴 새 없이 떨어지고 있었다. 뚝뚝뚝.

나는 어찌해야 좋을지 알 수가 없었다. 이내 다른 아이들도 강이지가 울고 있다는 걸 눈치챘다. 나는 황망히 쿨샘을 쳐다보았다. 쿨샘이 내 눈을 똑바로 보며 고개를 끄덕였다. 무슨 뜻인지 알 것 같았다. 나는 강이지 귀에 대고 말했다. 진심으로.

"괜찮아, 강이지……. 다 괜찮아……."

갑자기 창가 쪽에 앉아 있던 아이 하나도 울음을 터뜨렸다. 하지만 나는 돌아보지 않았다. 다른 아이들도 마찬가지였다. 쿨샘도 말이 없었다. 그저 지켜보기만 할 뿐.

강이지는 전에 없이 차분했다. 마음 나눔 활동을 마치고 집으로 가는 길, 내 옆에 강이지가 있었다. 크게 어색하지는 않았다.

"전혀 그럴 생각이 없었는데……."

강이지가 입을 열었다. 나는 잠자코 강이지를 보았다.

"내가 왜 갑자기 그런 얘기를 했는지 모르겠어. 내가 왜 그랬는지 진짜 모르겠어."

 벌써 몇 번씩 되풀이하는 소리였다. 마음 나눔 활동을 마치고 소감을 말하는 시간에도 강이지는 그렇게 말했다. 아니, 강이지 말고도 서넛이 더 똑같은 소리를 했다.

 역할을 바꿔 강이지가 내게 물었을 때 나는 간단히 대답했다. 요즘 나는, 그냥 잘 있다고.

 마지막 정리 시간에 쿨샘이 말했다.

 "힘든 사람이 많구나. 얘기하고 난 지금 마음은 어때?"

 눈이 발간 아이들이 멋쩍은 듯 배시시 웃었다.

 "마음이란 건 그래. 변덕스럽기 짝이 없지. 그런데 그게 안전장치이기도 해. 어떤 마음도 영원하지 않다는 것 말이야. 슬픔도 기쁨도 단지 그 순간일 뿐이야. 어제 화났던 일도 오늘 생각하면 별일 아닐 때 있잖아. 그런 거야. 아무것도 영원한 건 없어. 너무 슬퍼도 렛 잇 비, 너무 힘들어도 렛 잇 비…… 흘러가게 가만히 내버려 둬. 당장은 괴로워서 죽어 버릴 것 같은 마음도 다 지나갈 거야."

 아이들은 묵묵히 쿨샘의 말에 집중했다.

 "그리고 어떤 마음이 들어도 괜찮아. 마음이 원래 그래. 미친년 같아. 예의도 없고 도덕도 없어. 누굴 죽이고 싶은 마음? 괜찮아. 죽고 싶은 마음? 괜찮아. 자책할 필요 없어. 그건 그냥 마음일 뿐이니까. 지켜보면 지나가고 흘러갈 마음이니까. 그 마음에 휘둘리지만 않으면 돼. 그럼 저절로 사라져. 제발…… 제발 잊지 마라. 너무너무 힘들면 주문처럼 외워. 지나간다, 이 마음도 지나간다, 지나간다…….”

"그 마음도…… 지나갈 거야.”

뭐라고 대꾸를 해야 할 것 같아서, 나는 쿨샘을 떠올리며 그렇게 말했다.

"히…… 그러겠지?”

강이지가 예의 그 쾌활한 표정을 지으며 웃었다. 이제 그 웃음 뒤에 숨은 아픔을, 나는 알고 있었다.

"이순정, 너 나 좀 도와주라.”

"……?”

"나, 설문 조사 할 거거든?”

"설문?”

"응, 보충 수업 건. 지난번에 쿨샘 얘기 듣고 깨달은 게 있어서. 암튼 니 도움이 꼭 필요해.”

무슨 소린지 알아들을 수가 없었다. 설문, 보충 수업, 쿨샘 얘기…… 전혀 떠오르지 않았다. 하지만 그냥 고개를 끄덕여 주었다. 강이지가 요구하면 한 번쯤은 도와주어야 할 것 같았다. 나는 아직도 강이지에게 사과를 못하고 있었다.

강이지는 반색하며 내 휴대폰을 빼앗아 제 번호를 등록했다.

## 이 마음이 지나가기를 바랍니다

 오늘따라 땅속에 묻힌 집으로 돌아가는 발걸음이 유난히 무거웠다. 차라리 강아지처럼 실컷 울고 속내를 털어놓았다면 달랐을까? 마음도 걸음도 무거운데 배는 고팠다.
 여느 날처럼 열쇠로 문을 열고 집으로 들어섰다. 현관에 발을 들여놓을 때까지도 엄마가 집에 있는 줄 몰랐다. 불이 안 켜져 있어서 아직 퇴근을 안 한 줄 알았다. 그런데 아니었다. 불을 켜고 보니, 엄마가 싱크대 밑에 쪼그리고 앉아서 소주를 병째 들이켜고 있었다. 개수대 안에는 아침에 담가 놓은 그릇이 그대로 있었다.
 "엄마! 놀랐잖아!"
 "놀라? 원 참…… 이젠 엄마를 보고 놀라기까지 하냐? 큭큭큭."
 벌써 혀가 꼬인 걸 보니 꽤 취한 모양이었다. 가슴속에서 뜨거운 돌덩이 같은 게 치밀어 올랐다. 그걸 꿀꺽 삼키며 나는 짐짓 조용히 말했다.
 "불이라도 켜 놓고 마시지……."

"어? 밤이야? 벌써? 큭큭……."

우리 집에 언제 낮이 있었다고, 벌써 밤이냐고, 엄마는 물었다. 나는 대꾸하지 않고 내 방으로 들어갔다. 목덜미까지 열이 뻗치면서 갑자기 길지도 않은 머리카락이 거추장스럽게 느껴졌다. 나는 엄마 방으로 건너갔다. 긴 머리를 묶느라 엄마는 늘 고무줄을 한 팩씩 사다 놓고 썼다.

엄마 방 화장대 서랍을 열고 고무줄을 꺼내서 머리를 묶었다. 그래 봐야 짧은 꽁지머리지만 한결 시원했다. 서랍을 막 닫으려는데 설핏 눈에 띄는 게 있었다. 꾸깃꾸깃 함부로 구겨진 종이 한 장이 화장대 구석에 처박혀 있었다. 나는 살며시 그 종이를 집어서 펼쳤다. 이내 두 팔이 바들바들 떨려 오고 눈물이 종이 위로 투둑 떨어졌다.

'할매가 마산대기 할매란 글을 배았다. 맨 먼처 니한티 편지헌다. 장허제. 내 강아지 사랑헌다.'

관자놀이 혈관이 툭툭툭 뛰었다. 금세 피가 솟구칠 것처럼 거세게. 나는 한달음에 엄마 앞으로 달려가서 편지를 내밀며 물었다. 소리는 지르지 않았다.

"이거…… 언제 온 거야?"

엄마가 게슴츠레한 눈으로 고개를 들었다.

"뭔데, 그게?"

나는 숨을 크게 들이마신 뒤 대답했다.

"할머니 편지. 언제 온 거냐고?"

"아, 그거……, 니네 할머니 편지? 언제더라……. 큭큭큭, 근데 그걸 어디서 났냐? 어디서 그걸 찾아냈대?"

그 웃음이, 그 말투가 비아냥으로 다가왔다. 구겨진 편지지에서 적의가 읽혔다. 편지뿐만 아니라 내게 가장 애틋하고 소중한 존재가, 아니 나 자신까지 엄마 손아귀에서 함부로 구겨진 느낌이었다. 처참했다. 그러나 취했으니까, 취했으니까……. 나는 치밀어 오르는 감정을 꾹꾹 눌러 참으며 내 방으로 들어가 버렸다. 그리고 이불을 뒤집어쓰고 누웠다. 이제껏 한 번도 해 보지 않은 생각들이 번갯불처럼 튀어 올랐다.

'그때, 그 일이 있던 그 여름날, 나는 엄마를 제대로 이해했던가? 과연 내가 제대로 짚었나? 내가 실오라기만큼이라도 엄마한테 의지가 되는 존재일까?'

흠칫 몸이 떨렸다.

'나라는 존재는 혹시 엄마에게서 모든 걸 빼앗아 간 불행의 씨앗이었나? 순정을 다해서 사랑했던 아빠를 떠나가게 한 원흉이었을까? 미움과 원망의 대상인 내가 잃어버린 순정과 이어진 유일한 끈이라는 게, 그 사실이 미치도록 싫었나? 어쩔 수 없이 나를 붙들고 있어야만 하는 현실이 엄마를 구차하고 자존심 상하게 만든 걸까? 그래서 그토록 술을 마셔 대고, 그토록 무기력했던 걸까? 그토록 증오스러웠나? 그토록…… 꾸깃꾸깃 구겨서 던져 버리고 싶을 만큼? 내 마음속에, 미처 모르고 있던 내 마음 깊은 곳에 혹 죄책감 같은 게 자라고 있었던 걸까? 꾹꾹 눌러 온 내 마음속 어느 부분은 2년 전, 아니 아빠가 떠난 그 순간부터 이미 그 적의를 눈치 채고 있었던 걸까? 그래서 이해라는 탈을 쓰고 엄마를 견딜 수밖에 없었던 걸까?'

우당탕 소리가 났다. 개수대에 쌓인 그릇을 씻는 소리였다. 아니, 울화통이 터져서 설거지 핑계로 그릇을 내동댕이치는 소리였다. 그 소리가 내 무시무시한 의문에 맞서 그렇다고, 맞다고, 그걸 이제야 알았냐고 외치는 것처럼 들렸다. 가슴이 펄떡펄떡 뛰기 시작했다.

'왜, 하지만 왜 내가 그 굴레를 써야만 하는데? 내가 왜?'

자기들끼리의 사랑이었고, 자기들끼리의 순정이었다. 내가 원해서 벌어진 일은 단 한 조각도 없었다. 태어나게 해 달라고 조른 적 없고, 이따위 가증스런 이름 지어 달라고 애원하지도 않았다. 그런데 내가 왜?

갑자기 방문이 벌컥 열리더니 뭔가 날아와 내 몸에 부딪쳤다. 나는 반사적으로 이불을 홱 들추고 일어섰다. 캄캄한 방에 거실 불빛이 스며들었다. 발밑에 스와힐리어 교재가 떨어져 있었다. 내 딴에는 뭐라도 해 보겠다고 외국어 대학교 서점까지 찾아가서 구해 온 책이었다.

"네가 뭘 해 보겠다는 의지나 있는 애야? 이딴 거 돈 주고 사기만 하면 뭐할 건데?"

나는 물기가 번들거리는 채로 아무렇게나 팽개쳐진 스와힐리어 교재를 노려보며 말했다.

"그만해……."

"학생이면 학생답게 굴던가. 허구한 날 떨떠름해 가지고……."

가슴은 금세라도 뻥, 소리를 내며 터질 것 같은데, 내 목소리는 어쩐 일인지 점점 더 차분해져 갔다.

"그만하라고."

"이게 어디서 엄마한테 하라, 마라야! 내가 니 엄마냐? 엄마 맞아? 니가 나를 엄마로 알기는 해? 말을 안 하니까, 이게……. 걸핏하면 무단으로 결석을 하네, 조퇴를 하네, 불려 다니게 만들지를 않나……."

온몸이 부들부들 떨려 왔다. 그래서 엄마는 엄마다웠나? 나 없으면 훨씬 편하게 살 텐데, 울며 겨자 먹기로 데리고 있자니 그 꼴이 보기 싫어서 집구석에 들어오면 그렇게 술만 마셔 대나?

정작 그런 말들은 입 밖으로 나오지 않았다. 너무 많은 말들이 목에 걸려서 아우성을 치는데, 그 틈을 비집고 나온 건 오로지 이 한마디였다.

"봉투 어딨어?"

나는 말끝에 힘을 꾹꾹 주어 가며 물었다.

"봉투? 뭔 봉투? 아, 그 끔찍한 봉투……. 버렸다, 어쩔래?"

"그걸 왜 버려!"

마침내 내 입에서 큰소리가 터져 나오기 시작했다.

"왜 못 버려! 그까짓 게 뭔데. 네가 그 잘난 할머니 반만큼이라도 나를 위해 봤어, 이 기집애야?"

그럼 엄마 당신은 그 잘난 아빠 백분의 일만큼이라도 나를 위해 봤나?

내가 지르는 소리가 내 귀에 쟁쟁 울리고 있었다.

"그게 어떤 편진데! 할머니가…… 할머니가 생전 처음 쓴 편진데 왜 버려! 왜 나한테 알리지도 않아! 알려 줬으면 전화라도 했을 거 아니야!"

"왜 못 버려? 그까짓 게 뭐라고 내가 못 버려, 응? 그까짓 게 뭐라고!"

엄마가 책상 위에 놓아 둔 편지지를 집어 들더니 내 눈앞에서 보란 듯이 쫙 찢었다. 눈앞이 흐릿해지고 있었다. 몸이 허공에 둥둥 뜬 것처럼 현기증이 이는 가운데 내가 팔짝팔짝 뛰며 소리를 지르고 있었다.

"아악! 무슨 짓이야! 찢어? 그걸 찢어? 그걸 왜 찢어? 씨발! 당신이 뭔데 그걸 찢어!"

주먹 쥔 내 오른손이 벽에 걸린 거울을 치고 있었다. 날카로운 유리 조각이 와장창 방바닥으로 떨어졌다. 엄마 얼굴 같은 건 이미 내 눈에 보이지도 않았다. 내 몸이 둥실 떠서 현관으로 날아가고 있었다. 비틀비틀 흔들리는 내 뒤로 문이 쾅, 닫히는 소리가 났다.

다음 순간, 내 눈에 들어온 건 옥상 난간이었다. 어떻게 올라왔는지, 무슨 건물인지 전혀 기억이 나지 않았다. 그저 정신을 차리고 보니 내가 옥상 난간 너머로 고개를 내밀고 서 있었다. 아찔한

높이였다. 더럭, 무섬증이 일었다. 나는 흠칫 뒤로 물러섰다.

　잠깐, 잠깐, 잠깐만…….

　퍼뜩 쿨샘 얼굴이 스쳐 갔다. 나는 바들바들 떨리는 손으로 바지 주머니에 손을 넣었다. 다행히, 전화기가 잡혔다. 나는 쿨샘을 찾아 버튼을 눌렀다. 신호가 울리는 동안은 어떻게든 견딜 것 같았다. 신호가 울리는 동안 속으로 물었다. 말도 안 되는 소리들이 뒤죽박죽 섞여 있었다.

　'샘, 죽고 싶은 게 마음인가요, 두려운 게 마음인가요? 생각은 다 옳은가요, 다 틀린가요? 내 생각은? 생각이면 어떻고 마음이면 어때요…….'

　쿨샘은 전화를 받지 않았다.

　누가 떠미는 사람도 없는데 나는 점점 더 난간으로 떠밀리고 있었다.

　강이지.

　그때 강이지가 떠올랐다. 아니, 강이지와 한 약속이 떠올랐다. 도와주겠다고 한 약속. 나는 허겁지겁 강이지가 등록해 둔 번호를 찾아 문자를 보냈다. 떠나기 전에, 아니 떠밀리기 전에 반드시 해결하고 가야 할 숙제처럼 경건하고 비장한 마음으로 문자를 보냈다.

　이제는 더 할 일이 없었다.

　다시 난간 앞으로 다가섰다. 까마득히 먼 아래쪽에 손가락만 한 자동차들이 길게 꼬리를 물고 늘어서 있었다.

　'딱 한순간이야. 한순간만 참으면 돼. 하나도 안 아플 거야. 이제

훨훨 자유로워질 거야.'

한순간만 이겨 내면 온몸에 온 마음에 더덕더덕 붙은 음습하고 무거운 찌꺼기를 다 털어 내고 가볍게, 가볍게 날아오를 수 있을 것 같았다.

나는 콘크리트 난간에 두 손을 짚었다. 차가웠다. 손바닥을 찌르르 파고드는 차가운 느낌에 나는 헉, 숨을 몰아쉬었다. 다시 겁이 덜컥 났다. 내가 하려는 짓이 소스라치게 두려웠다. 그리고 절망스러웠다. 그까짓 난간 하나 박차고 날아오를 용기가 없는 내 자신이 넌더리 나게 절망스러웠다.

'두려워도, 절망스러워도 할 수 없어. 이젠 돌이킬 수 없어. 네가 갈 곳은 이 난간 너머 허공밖에 없단 말이야.'

마침내, 나는 두 눈을 질끈 감고 숨을 들이쉬었다.

그때였다. 문자 수신음이 울렸다. 강이지였다. 나는 그 자리에 털썩 주저앉았다.

지나간다, 지나간다, 지나간다…….

나는 미친 듯이 주문을 외웠다. 외우고 또 외웠다.

"이순정!"

고개를 들어 보니 강이지가 서 있었다.

"너! 괜찮니?"

나는 멍한 눈으로 강이지를 쳐다보았다. 강이지가 그런 나를 보더니 털썩 무릎을 꿇으며 나를 끌어안았다.

"괜찮아, 괜찮아, 괜찮아, 순정아……."

강이지가 내 등을 두드리며 말했다. 갑자기 눈물이 쏟아졌다. 나는 울었다. 엉엉 소리 내어 울었다.

얼마나 지났을까. 강이지가 옆으로 옮겨 앉더니 팔로 내 머리를 감싸서 제 어깨에 기대게 해 주었다. 그리고 말했다.

"이순정, 요즘 넌 어떠니……."

잦아들던 울음이 다시 복받쳐 올랐다. 강이지가 물었다. 넝마처럼 구겨진 나한테 어떠냐고 물었다. 어떤 얘기를 어디서부터 해야 할지 모르겠는, 그러나 아무 얘기라도 토해 내고 싶은 내게 어떠냐고 물어봐 주어서, 나는 울었다. 요즘 어떠냐고 물어봐 주어서, 눈물이 끝없이 솟구쳤다.

2부

그림자

## 내 마음은 멍합니다

4월 5일

오늘 하루 내 마음은 　　　멍때렸　　　 ~~었~~습니다.

왜냐하면
1. 언제: 온종일
2. 어디서: 학교랑 집에서
3. 누구와: 혼자
4. 무슨 일(말과 행동):
　　　　　　　　　　그냥 멍때렸기 때문에

잠시 눈을 감고 그때 내 마음을 떠올려 봅니다.
그리고 혼자 독백하듯이 3번 되뇌어 봅니다.
"아! 그때 내 마음이 　　　멍때렸　　　 ~~었~~구나."
지금 내 마음은 　　　　멍　　　　 합니다.

쓰라니까 쓴다. 뻥은 아니다. 멍때려서 멍때렸다고 했는데, 뭘. 내가 뭐라고 써도 담임은 별말 없을 거다. 댓글도 달아 준다지만 별 기대는 없다. 어차피 나 같은 애들은 들러리니까. 드러내 놓고 편애하는 건 좀 그러니까 나 같은 애들이 병풍으로 필요한 거다.

현실적으로, 물리적으로 그럴 가능성은 거의 없다고 이미 결론 내렸다. 하지만 신종 수사 수법일 가능성, 아직은 배제할 수 없다. 범인을 가려내기 위한 수법. 학교 유리가 다 깨지다니, 정말 골때리는 사건 아닌가. 교감이랑 학생 부장이 각 반 담임들을 엄청 쪼아 댈 게 틀림없다. 무슨 수를 써서라도 잡아내라고 아침저녁으로 들들 볶을 거다. 경찰에 알리면 훨 쉬울 텐데. 하긴 내가 생각해도 쪽팔리긴 하다. 나락 고등학교, 하면 지나가던 개도 비웃는 판인데 이런 엽기적인 사건이라니. 아무튼 담임들 골치 좀 아플 거다. 하루 빨리 해결하려면 온갖 술수를 다 동원할 수밖에.

만에 하나 그렇다고 해도 난 괜찮다. 나를 범인으로 생각해 준다면 오히려 고마운 일이다. 용의자는 아무나 되나? 그것도 다 존재감이 있어야 한다. 하여튼 담임이 애들 마음을 들여다보기로 작정한 이상, 우리 반에 범인이 있다면 조심 좀 해야 할 거다. 어리바리하게 굴었다간 코를 꿰이는 수가 있다. 특히 우리 반에서 용의자 반열에 오른 두 명, 이순정, 강이지.

술수가 아니라고 해도 마음을 털어놓고 싶은 생각 털끝만치도 없다. 내 힘만 빠지는 일이다. 푸짐한 제사상 두고 병풍한테 관심 가지는 사람이 어디 있다고. 난 병풍이다. 그것도 아주 조악한. 그

정도 눈치는 있다. 그쪽에서 원하는 만큼만 해 주면 되는 거다. 오버는 주책이다.

언니는 담임이 전교조일지도 모른다고 했다. 특이한 시도를 하거나, 아이들에게 필요 이상으로 관심을 보인다면 의심해 볼 만하다고. 그런가? 그러거나 말거나.

우리 담임이 신선한 돌풍을 몰고 왔다는 건 인정한다. 일단 내숭은 없……어 보인다. 그것도 미덕이다. 애들한테 쓸데없는 희망을 심어 주는 비현실적인 선생도 아닌 것 같다. 무조건 열심히 하면 원하는 대학에 갈 수 있네, 하는 희망 같은 거 말이다. 정치 선생이라 그런지 애들 마음 안 다치게, 정치적으로 말할 줄도 안다.

"대한민국 1퍼센트가 되겠다거나 하는 욕심은 부리지 마라. 욕심낸다고 되겠냐? 되겠어? 대신 99퍼센트가 행복한 세상을 만들면 되지 않겠냐. 99퍼센트가 중심이 되는 세상, 그게 민주주의야."

주제 파악을 하라는 뜻일 수도 있다. 나락 고등학교 학생이라는 사실을 인지하라는 소리를 고상하게 하는 거지. 하지만 같은 말이라도 '아' 다르고 '어' 다르다. 영어 같은 인간은 우리 학교가 저질이다 못해 하질이라서 딴 학교랑은 학부모 수준부터 다르다고 대놓고 말하는 마당이다. 거기에 비하면 인격 면에서 한 수 위다.

나락고처럼 문제가 많은 곳으로 발령받은 선생들은 두 종류의 반응을 보인다. 하나는 노골적으로 물먹었다는 반응이다. 부임한 첫날부터 인상을 긋고 다닌다. 학교라는 곳은 월급을 주는 직장 이상도 이하도 아니라는 태도를 확실히 보여 준다. 이 학교에서 근무

하면 승진하는 데 가산점을 준다는 소문이 있다. 그런 미끼라도 없다면 불행감과 자괴감에 빠져 급속도로 늙어 갈 선생들이 많다. 자기 때문에 학생도 곪아 간다는 사실은 전혀 모른다.

다른 하나는 의욕이 넘치는 부류다. 주로 초임 발령을 받은 사람들이 이 부류에 속한다. 가난하고 골치 아픈 슬럼가 출신 문제아들을 감화시켜서 인간 승리를 이끌어 내는 영웅이 되고자 한다. 도전하는 것까지는 괜찮다. 얼마나 지속하느냐가 문제다. 적어도 나는 아직 끝까지 가는 사람을 못 봤다. 의욕이 넘치던 사람이 권태를 만나면 그 추락 속도는 아무도 막지 못한다.

담임이 좀 특이한 경우이긴 하다. 10년차치고는 꽤 의욕이 남아 있고 팔팔한 편이다. 술수든 뭐든 마음 일기 같은 시도를 귀찮아하지 않는 게 그 증거다. 담임이 입버릇처럼 하는 소리가 있다.

"나 완전 공부 잘했을 것 같지 않냐? 히히. 근디 한 번도 잘해 본 적이 없지 뭐냐. 특히 수학 장애가 있잖니. 중학교 1학년 딱 들어가면 숫자는 안 더하고 a랑 b를 더하라고 하잖아. 나 피 토하는 줄 알았다. 니들도 노력하면 될 거라는 말 들으면 피 토할 것 같지? 책? 읽긴 읽었지. 주로 로맨스 소설. 얼마나 열심히 읽었던지, 내가 읽던 책을 공중에 집어 던지잖아? 그럼 책이 착 펼쳐지면서 떨어지는데…… 흐흐, 바로 거기가 불타는 부분인 거지. 아으, 그중에서도 나의 중학교 시절 정서 함양에 정점을 찍었던 소설이 있었으니, 바로 모래성! 캬! 그거 읽으면서 내가 사랑을 알았잖아. 거기 명대사가 나오지. '당신의 발톱만은 나한테 맡겨 주세요!' 으아,

진짜 감동적이지 않냐?"

애들은 그런 얘기를 우스갯소리로 안다. 그냥 하는 소리로 치부하는 거다. 그 어렵다는 임용 고시를 뚫고 온 선생인데 공부를 못했을 리 없다고 믿는 거다.

하지만 내 생각은 다르다. 실제로 못했을 가능성이 크다. 적어도 한때는. 그리고 살짝 왕따 경험을 했을 수도 있다. 사물함을 자주 바꾸라느니, 자리 배치를 의논해서 하라느니, 교실에서 밥을 먹으라느니, 나가서 놀라느니…… 그런 생각은 범생이 머리에서는 절대로 나올 수 없다. 마이너 경험을 맛이라도 보지 않고서는 그늘에 가린 사람 심정을 알지 못한다. 사람은 경험한 만큼, 딱 그만큼 이해하는 동물이다.

그런 이력을 깔고 있다면 처음 가진 의욕이 좀 오래 이어질 수는 있겠다. 원래 야생에서 부대낀 초목이 생명력도 질긴 법이다. 하여튼 담임은 처음 보는 종류다. 헷갈린다. 살짝 진심인 것 같기도 하고, 수완이 좋은 것 같기도 하다.

헷갈릴 때는 경계하는 게 좋다. 여태 내가 믿어 온 감대로 처신하는 게 현명하다. 내 감에서 크게 벗어나는 사람은 못 봤다. 담임이 예외가 된다면 놀라운 일이지만 확률은 높지 않다. 쿨하고 멋지다고 이제는 전교생이 다 쿨샘이라고 부르는데, 글쎄……. 신중할 때다. 한참 더 지켜봐야지. 그동안 나는 하던 대로 들러리 역할에 충실하면 그뿐이다. 모나지 않게, 너무 부족하지도 않게. 지켜보는 일이라면 세상 누구보다 자신 있다.

"네 이년!"

누가 내 어깨를 툭 친다. 담임이다. 나는 재빨리 펼쳐 놓은 참고서를 보는 척한다. 애들도 조용하다. 멍때리거나, 졸거나, 공부하는 척하거나, 진짜로 공부하거나 하느라 조용한 거다. 어제도 오늘도 한결같은 야자 풍경이다. 아까 담임은 분명 교탁 앞에 앉아서 서류 정리를 하고 있었다.

"어? 야아……."

내 주의를 환기시키고 곧 갈 줄 알았는데 담임이 다시 나를 건드린다. 나는 책상 위로 고개를 푹 숙인다. 공부하는 시늉이라도 할 테니 그만 가 보시라는 뜻이다.

"이눔 지지배, 너…… 생각 겁나 많지? 고집도 완전 세지?"

담임이 내 귀에 대고 낮게 소곤거린다. 얼굴이 화끈거린다. 낭패다. 예상치 못한 상황을 만나면 빨개지는 얼굴, 정말 싫다. 하지만 정신 차려야 한다. 타이밍 놓치지 말고 적당히 대꾸해야 건방져 보이지 않는다.

"아, 아니에요. 제가 뭘……."

"잘 썼어. 이렇게 쓰는 거야."

담임이 마음 일기장을 책상 위로 슬그머니 건넨다. 그리고 내 머리를 슥슥 만지더니 앞으로 간다. 휴, 안도의 한숨이 나온다. 잔뜩 움츠러들었던 몸에 다시 피가 도는 느낌이다.

댓글을 달았을까? 살짝 궁금하다. 고개를 들어 눈치를 살핀다. 담임이 책을 읽기 시작한다. 조심조심 일기장을 펼친다. 멍만 때린 일기장에는 뭐라고 댓글을 달았을까.

'멍때렸구나. 멍이라도 때려야 시간이 잘 가지, 아무렴.'

그러면 그렇지. 기껏 한 줄이다. 그나마 핀잔이 아니어서 다행이다. 힐끔, 창가 맨 뒷자리를 훔쳐본다. 오늘도 비어 있다. 오늘도 제멋대로 가 버렸다.

이순정. 틀림없이 전생에 나라를 구했을 거다. 그렇지 않고서야 그 스펙을 안고 태어날 수는 없다. 가장 빛나는 건 역시 우월한 외모다. 여드름 하나 없이 눈가루처럼 흰 피부, 일부러 비례 맞춰서 세운 것처럼 보기 좋은 콧날, 도발적이면서도 은근히 거만해 보이는 빨간 입술, 선명한 쌍꺼풀, 이쑤시개 백 개쯤은 너끈히 올라가고 남을 긴 속눈썹, 너무 크지도 작지도 않은 키, 긴 다리에 잘록한 허리까지.

처음 그 애를 봤을 땐…… 헉, 같은 여자인 나도 숨이 막혔다. 그 애 주위에는 늘 환한 빛이 서려 있는 것 같다. 외모만으로도 이미 묵직한 존재감을 지닌 아이다.

게다가 좀처럼 입을 열지 않는 차가운 분위기가 묘한 카리스마를 뿜어낸다. 그 기운에 눌려서 그 애 앞에서는 아무도 재수 없다는 표정을 짓지 못한다.

사실, 하는 짓으로만 따지면 밥맛도 보통 밥맛이 아니다. 다른 사람은 안중에도 없다는 듯 내리깔고 다니는 눈하며, 제 쪽에서 먼저 인사 한마디 건네는 법이 없는 것하며, 저 내키는 대로 무단 조퇴를 밥 먹듯이 하는 것하며…….

담임 포스도 보통은 아니지만 그 애한테는 눌린 게 틀림없다. 그렇지 않고서야 아무렇게나 행동하는 걸 내버려 둘 리 없다.

하여튼 어찌나 신비주의로 몸을 감쌌는지, 아무도 그 애에 대해서 제대로 아는 사람이 없다. 중학교를 같이 다닌 애들도 그 애 정체를 잘 모른다. 그러나 학교 밖 어디선가는 얼굴값을 제대로 하고 다닐 거라고 나는 확신한다.

공부는 별로 잘하는 것 같지 않다. 아니, 할 필요를 못 느끼겠지. 존재 자체로 이미 충분하니까. 내가 그 애라고 해도 공부는 미친 짓이다. 유감이지만 공부는 나 같은 애들한테나 해당하는 동아줄이다. 아무것도 내세울 게 없는 평범한 인간들. 그런 인간들이 잡고 올라가 존재감을 얻을 수 있는 유일한 동아줄.

이순정에게 부족한 건 이순정이라는 이름뿐이다. 화려한 외모, 빛나는 카리스마와 어울리지 않게 촌스러운 그 이름, 이순정. 우리 세대와는 한참 동떨어진 이름이다. 이름을 그렇게 아무렇게나 지은 걸로 봐서는 날 때부터 주목받은 생은 아니었던 것 같다. 그런들 어떠리. 지금 이 순간 그다지도 압도적인 존재감을 지녔는데.

담임은 그 아이에게도 성의 없이 한 줄짜리 댓글을 달까? 풋! 천만에. 그 정도는 나도 안다. 극진한 정성을 쏟을 거다. 장문의 글을 일기장에 끼워서 건넬지도. 이왕이면 눈에 확 들어오는 문제아를 감화시켜야 능력을 인정받고 경력도 화려해진다.

마음 일기장. 참 흥미로운 도구다.

# 내 마음은 싫은 게 많습니다

후덜덜. 교실 분위기 싸늘하다. 맞짱 뜬 두 인간은 잠잠한데 구경꾼들은 살살 눈치 살피느라 정신이 없다. 하긴 맞짱이라고 하기도 싱겁다. 누가 봐도 이순정 완승이다.

씨발!

그 한마디로 이순정은 강이지를 완전 제압했다. 아니, 학급 전체를 제압했다. 왜 하필 오늘, 왜 하필 그 순간, 왜 하필 강이지를 걸고 넘어졌을까? 은근히 벼르고 있었나? 짐작한 그대로다. 이순정은 누구를 패면 되는지 정확하게 알고 있다. 하나만 꺾으면 나머지는 저절로 해결된다는 걸 알고 있다.

하지만 싱거웠다. 사실 강이지는 이순정한테 상대가 안 된다. 진작부터 알고 있었다. 존재감에도 급이 있다. 강이지는 나대는 스타일이다. 낄 데나 안 낄 데나 하도 툭툭 튀어나와서 절로 얼굴이 알려지는 아이다. 딱히 밉상은 아니지만 특별히 매력 있는 아이도 아니다.

오로지 제 힘으로, 열심히 조잘대고 나서서 존재감을 알리는 노력형. 알고 보면 안쓰러운 강이지. 다른 사람은 속여도 내 눈은 못 속인다. 그런데 설치다가 제대로 걸렸다. 오늘 심하게 주제 파악을 못하긴 하더라. 경찰대가 무슨 편의점인가? 가고 싶다고 아무나 가게? 이윤미 정도라면 모를까.

그래도 뜬금없긴 했다. 강이지 나대는 게 하루 이틀 일도 아닌데. 뭐가 잠자는 이순정 심기를 결정적으로 건드렸는지는 모르겠다. 벼르고 있었기 때문에 그냥? 주제 파악을 못하는 게 꼴 보기 싫어서? 그도 아니면 그냥 기분이 최악이어서?

하여튼 이순정 때문에 오늘은 쉬는 시간도 조용하다. 애들 꼬락서니, 고래 싸움에 등 터진 새우 꼴이다.

"청소 시간에 사물함 바꾸자. 새 사물함 번호는 다들 알지?"

반장이 한마디 한다. 귀찮게 생겼다. 사물함 따위, 아래에 있든 위에 있든 상관없다. 쓰던 대로 계속 쓰는 게 편하다. 한 달에 한 번씩 짐 옮기는 거, 솔직히 귀찮다.

99퍼센트가 힘을 합쳐 변화시켜 나가는 게 민주주의라고? 간과한 게 있다. 99퍼센트 안에도 엄연히 1퍼센트가 숨어 있다는 거. 나 같은 인간들이다. 98퍼센트가 하자는 대로 따라갈 수밖에 없는 부류. 아무도 의견을 물어봐 주지 않는 부류. 귀찮아도, 싫어도, 내색할 수 없는 부류. 98퍼센트라는 절대다수 앞에서 소리 없이 숨죽이고 살아가는 부류. 완벽한 민주주의는 없다.

마음 일기장을 넘겨 본다. 오늘은 어떤 댓글을 달았나. 나는 계속 멍때렸다고만 써서 냈다. 계속 한 줄짜리 댓글이 달렸다.

'두루뭉술하게 말고, 특별히 더 멍때린 시간이 있었니? 장소는?'

그래서 중국어 시간에 멍때렸다고 써서 냈다.

'흑흑, 외국어는 골 때려서 멍때리게 되지. 알아.'

야자 시간에 멍때렸다고 써서 냈다.

'집에 빨리 가고 싶어서? 쉬고 싶었나 보다.'

꽤 인내심이 있다. 언제까지 갈지는 모르겠지만. 이번에는 집에서 멍때렸다고 써야겠다.

슬슬 움직일 시간이다. 지금쯤이면 화장실이 한가할 거다. 헐, 담임이다. 내 앞으로 똑바로 걸어온다. 내 어깨에 팔을 두른다. 난 감하다. 이런 스킨십 낯설다.

"너, 생각이 너무 많아. 머리 안 아프냐? 멍때린다는 건 생각이 많다는 소리야."

"아닌데요……. 생각 안 하는데요……."

계속 어깨동무를 한 채로 걸어간다. 화장실 가기는 틀렸다.

"지랄! 이눔 지지배야, 넌 지구 돌아가는 소리가 들리냐?"

웬 뜬금없는 소리?

"지구 돌아가는 소리는 아무도 못 들어. 왠지 알아?"

"모르는……데요."

"너무 커서."

처음 듣는 얘기다.

"너무너무 커서 인간의 청력으로는 들을 수가 없어. 그거랑 똑같

아. 생각이 너무너무 많으면 무슨 생각을 하는지조차 몰라. 그래서 멍때린다고 착각하게 돼. 한마디로 골이 띵."

아아, 당장은 이 자리를 피하고 싶다. 거북해서 미치겠다. 다행이다. 쉬는 시간 끝났다.

"너! 부모님이랑 친해?"

뇌줄 생각은 않고 한가한 질문을 한다. 들러리들에게 하기 편한 요식적인 질문이다.

"예? 아…… 뭐……."

"너, 아빠 무섭지?"

"에? 아, 아뇨…… 아빠가 왜……."

"니네 언니 완전 잘나가지?"

"아니요. 선생님, 수업 시작해요."

"앗, 그렇구나. 어우 야, 그냥 가면 어떡해. 이리 와 봐……."

앗, 담임이 나를 껴안는다. 눈물이 날 정도로 당황스럽다. 가슴이 주책없이 콩닥거린다.

내가 언제 내색했나? 엄마 아빠 그다지 안 좋아한다고 일기에 썼나? 기억에 없다. 말도 안 된다. 갑자기 식구들한테 미안하다. 눈치 빠른 사람이 알아챌 정도로 얼굴을 긋고 다녔나 보다. 조심해야겠다. 쿨샘, 아니 담임, 고단수, 조심해야 한다. 마음 일기 내용, 바꾼다.

> 4월 17일
>
> 오늘 하루 내 마음은  머리가 아파  했습니다.
>
> 왜냐하면
> 1. 언제: 낮에
> 2. 어디서: 교실에서
> 3. 누구와: 혼자
> 4. 무슨 일(말과 행동):
>                    생각이 너무 많았기 때문에
>
> ---
>
> 잠시 눈을 감고 그때 내 마음을 떠올려 봅니다.
> 그리고 혼자 독백하듯이 3번 되뇌어 봅니다.
> "아! 그때 내 마음이  머리가 아파  했구나."
> 지금 내 마음은  생각을 좀 그만했으면 좋겠다  합니다.

송민경이다. 이래서 사물함 같은 거 바꾸고 싶지 않은 거다. 다 귀찮다. 물건 옮기는 것도 귀찮고 누가 나 다그치는 것도 싫다.

"아, 답답해. 야!"

일부러 천천히 고개를 돌린다.

"응?"

"빨리 좀 하라고! 시간 없단 말이야."

"어…… 못 들었어."

답답하다고? 나한테? 그러는 너는? 어디다 대고 야야거려. 나도 엄연히 이름 있어. 난 적어도 네 이름 정도는 알고 살아. 유치하기

짝이 없는 년. 아부 디엔에이로 몸속이 꽉 찬 년. 담임한테 알랑방귀 뀌는 너 역겨워. 교실에서 밥 먹으랬다고 제일 먼저 도시락 싸 온 게 너였지. 일부러 늦게 먹는 거 알고 있어. 담임 들어오면 황급히 도시락 숨기는 척하느라 애쓰더라. 담임 시선 끌어서 한마디 들으면 호호호 내숭 떨기는. 애들한테는 치치거리고 고상 떠는 게, 담임하고는 일대일로 관심 끌고 싶어 하지. 그러는 너 얼마나 유치한지 알아? 너 같은 년들 진짜 역겹고 유치해. 답답하다고? 나한테?

골치가 아프다. 진짜로 아프다. 오늘 같은 날은 정말 야자 하기 싫다. 나도 가고 싶다. 이순정처럼.

이순정은 떳떳하게 야자에서 빠졌다. 담임하고 협상한 것 같다. 정면으로 승부 본 거다. 그나마 담임이니까 들어준 거고. 그걸 꼭 눈으로 봐야 아나? 부러우면 지는 건데. 하지만 그런 협상 아무나 하는 게 아니다. 이순정이나 되니까 가능하지.

나 같은 것들은 그저 국으로 가만히 지내야 한다. 지각, 조퇴, 결석 하지 않고 날마다 자리 지켜 주는 게 좋다. 보충 하라면 하고 야자 하라면 하는 거다. 그래야 튀지 않는다. 제대로 튀지 못할 바엔 눈에 안 띄는 게 낫다. 눈에 안 띈다고 교실이 어떻게 돌아가는지 모르는 바보로 아는 게 기분은 좀 나쁘지만.

하긴 집에 간들 뭐하나. 아프다고 해도 믿어 주는 사람 없다. 무게 잡고 앉아서 잔소리해 대는 아빠 얼굴 보는 게 더 골치 아프다. 아빠 리모컨 노릇 하느라 쩔쩔매는 엄마는 또 어떻고. 21세기에 아들 못 낳아서 굽실거리고 사는 여자는 우리 엄마밖에 없을 거다.

기가 막히다. 그게 왜 여자 잘못이냐고!

 장하다, 언니야. 언니 너라도 공부를 잘해 줘서 내가 얼마나 고마운지 아니? 너라도 있으니까 우리 집에 가끔이나마 웃을 일이 생긴다. 인정한다. 앞으로도 잘 부탁한다. 너 때문에 내가 죽은 듯이 사는 건 괜찮다. 너를 빛내 줄 음지 역할 얼마든지 할 수 있다. 교실에서 하는 짓 집에서 못 할까? 하지만 제발 답답하다는 소리는 하지 마라. 난 정말 정말 그 소리가 싫다. 차라리 엄마처럼 구박해라. 못해 준 게 뭐가 있어서 그 모양이냐, 그렇게 구박해라.

 창밖이 어둡다. 멍을 너무 오래 때렸다. 골치가 아프다. 근데 내가 정말로 생각이 많은 걸까?

# 내 마음은 그만 속아 넘어가고 싶습니다

점심시간. 교실이 한가하다. 어지간하면 다 운동장에 나가서 논다. 여자애들이 축구에 재미가 들려서 난리다. 체육반답다. 다른 반 애들도 신기해한다. 살짝 부러운 눈치를 보이기도 하고. 부러우면 하면 되지.

툭.

누가 내 어깨를 건드린다. 반장, 윤미다.

"왜 대답을 안 하니."

"응? 못 들었어……."

이번엔 진짜로 못 들었다.

"쿨샘이 교무실로 오래."

"나?"

"응, 너."

나? 나를 왜? 뭘 잘못했나? 괜히 불안하다. 교무실이라니. 웬만하면 피하고 싶은 데다. 어쩌다 한 번씩 갈 때마다 뒤통수가 따갑다. 쟤 뭐야? 동물원 원숭이 구경하듯 쏘아보는 선생들, 심정은 이해한다. 생전 처음 보는 떨떨한 애가 눈앞에 얼쩡거리면 거슬리겠지. 아는데, 이 원숭이도 가고 싶어서 가는 건 아니다.

다행이다. 교무실 복도에 담임이 나와 있다. 이쪽을 보며 웃는다. 뒤를 돌아본다. 등을 보이고 걷는 애들만 몇 있다. 그럼 누구? 아직도 웃는다.

"왔냐. 일루 와 봐. 교무실에 있으면 답답해서."

담임이 손을 잡더니 의자에 앉힌다. 아직도 영문을 모르겠다. 가슴이 두근두근 뛴다. 나를 왜?

"생각이 많은 것 같아?"

"⋯⋯?"

"생각이 너무 많아서 머리가 아프다며?"

아, 마음 일기장. 그냥 쓴 건데. 생각 없이.

"무슨 생각이 그렇게 많은데?"

이런, 난감하다. 생각이 많다고 내 손으로 썼으니까 한 가지라도 대답을 해야 할 텐데. 머릿속이 깜깜하다. 이러다 답답하게 군다고 한 대 쥐어박힐지도 모른다. 아, 가슴이 답답해진다.

"고개 좀 들어라. 누가 보면 야단치는 줄 알겠다, 이것아."

"모르겠는데요⋯⋯."

"뭘?"

"무슨 생각이 많은지⋯⋯."

재빨리 목을 움츠린다. 아니, 목, 제가 알아서 움츠러든다.

"그려그려. 본래 그런 거여. 모르는 것이 정상이여."

어라? 슬그머니 고개를 든다. 담임이 종이를 내민다. 칸이 촘촘하게 인쇄된 종이다. 이건 뭐?

"너를 위해서 특별히 준비했다."

"……?"

"봐. 아침 여섯 시부터 밤 한 시까지 30분 간격으로 칸을 만들었어. 너는 이제부터 30분마다 한 번씩 무슨 생각을 하는지 적어 봐. 공부 하지 말고 이것만 적어. 쉽지?"

일단 받는다. 얼떨떨하다. 담임이 손을 꼭 쥐었다가 놓는다.

"이제 가 봐."

엉거주춤, 일어선다.

"아! 그리고 너 이년, 교실에만 있지 말고 나가서 좀 놀아. 곧 있으면 체육 대회 하는 거 알지? 너도 3반이야. 특히 피구. 열심히 뛰어. 재미있게. 이기는 것보다 재미있게 하는 게 좋아. 너 재미없게 하면 죽는다!"

웃는다. 주먹 쥔 손을 흔든다. 나한테, 나 혼자한테. 웃음이 나온다. 미친 거다. 이년아, 소리를 듣고 웃음이 나오다니. 근데 웃음이 나온다. 쿨샘 목소리가 자꾸만 귓가에 맴돈다.

너를 위해서 특별히 준비했다. 너를 위해서 특별히 준비했다. 너를 위해서, 특별히. 너, 특별.

정신 차려! 도리질을 세차게 해 본다. 또 속아 넘어갈 뻔했다. 그때도 그랬지. 볼 때마다 이름을 불러 주고 웃어 주었지. 그런데 왜 믿어 주지 않았을까. 아니라는데. 내가 안 했다는데. 커닝 같은 거 안 했다는데. 안 한 걸 안 했다고 하지 그럼 어떡하나. 거기서, 그 많은 애들 앞에서 따귀를 날려? 분명히 안 했다는데. 지금 물어봐도 할 말은 딱 하나다. 안 했다. 그러고는 사람 취급 안 했지. 벌레 보듯 나를 경멸했지. 그거 알아? 그 뒤로는 나도 너 인간 취급 안 했다. 따귀가 아파서? 아파서 굴복한 것 같아? 천만에. 이미 인간으로 안 봤기 때문에 아무 소리 안 한 거다. 너보다 내가 먼저 너 포기하고 경멸했다. 5년이 지났네. 너는 잊었는지 몰라도, 나는 아니다. 너는 평생 나한테 인간 아니다.

　담임이 준 종이를 본다. 칸이 촘촘하다. 버리자니 그렇고, 일단 가방에 쑤셔 넣는다.

　머리가 아프다.


　준결승.

　솔직히 지면 좋겠다. 이만큼도 잘한 거 아닌가? 좀 귀찮다. 배구도 아니고 농구도 아니고 왜 하필 피구를 잘한 건가. 배구나 농구가 올라갔으면 응원하는 척만 하고 있으면 된다. 근데 피구는 나도 뛰어야 한다. 그것도 안에 들어가서 뛰어야 한다.

　"샘 말씀대로 한 사람도 소외되지 않게 재미있게 해 보자. 그래서 피구만큼은 운동 잘하는 사람, 못하는 사람 구분하지 않고 무작위로 뽑았어. 행동이 좀 느린 친구가 있어도 원망하지 말기!"

　체육 대회 준비를 하면서 반장이 했던 말이다. 그런데 하필 그

무작위 뽑기 때문에 내가 걸린 거다. 아찔했다. 하지만 어쩔 수 없다. 못하겠다고 버티는 게 더 이상하니까. 그랬다간 완전 골칫덩어리로 전락한다. 그 정도 눈치는 있다.

문제는 예선에서 승승장구했다는 것. 다른 애들이 워낙 잘했다. 인정한다. 나는 거의 매번 일찌감치 공 맞고 전사했다. 맹세코 일부러 맞지는 않았다. 자연스럽게 그렇게 됐다. 그런데 오늘도 그런 행운이 따라 줄까?

슬슬 준비가 끝나 간다. 곧 호루라기 소리가 울릴 거다. 가슴이 콩닥거린다.

"2학년 3반! 3반 내 새끼들아!"

이건 뭔 시추에이션? 나만 놀란 게 아니다. 애들도 전부 고개를 치켜들고 교실 쪽을 쳐다본다. 3층 어느 교실 창에서 울려 퍼진 소리였다. 헉, 담임이다. 담임이 창문을 열고 몸을 반이나 내밀고 이쪽을 본다. 수업 중일 텐데? 담임이 창밖으로 두 팔을 휘저으며 소리소리 지른다.

"3반 화이팅! 나 응원 못 나간다. 나 없어도 잘해! 재미있게 하자! 화이팅, 화이팅!"

담임이 마구 흔드는 팔이 깃발 같다. 바람에 마구 펄럭이는 깃발. 아이들이 팔짝팔짝 뛰며 담임한테 소리 지른다.

"네, 걱정 마세요, 샘! 재미있게 할게요!"

"화이팅!"

하여튼 황당한 담임이다. 수업하던 애들한테는 뭐라고 했을까.

뭐라고 하고 저렇게 소리를 지를까. 소리치고 팔 흔드는 담임한테서 이런 기운이 느껴진다.

'아유, 진짜 이뻐 죽겠어.'

나한테만 드는 생각일까? 아, 담임이 힘차게 부른 3반 아이들 속에 나도 들어 있을까? 담임이 3반과 함께 나도 불렀을까? 호루라기 소리가 들린다. 1반 애가 공을 세게 던진다. 헉, 나한테 곧장 날아온다. 나도 모르게 공을 품에 안는다. 던진다. 1반 공격수 다리에 맞고 공이 다시 우리 쪽으로 흘러온다.

웃는다. 우리 반 애들이 활짝활짝 웃는다. 나를 보며 웃는다. 나한테 하이파이브를 하자고 한다. 서로서로 그러고 있다. 나도 애들한테 그러고 있다. 재미있다. 좋다. 결승에 진출했다.

얼마 만에 맛보는 기분인가. 뭔지 모를 뿌듯함. 벅참. 살다 보니 이런 날도 있구나. 애들에 섞여서 우르르 안으로 들어가는 게 오랜만에 거북하지 않다. 그런데, 저기, 층계참에…….

갑자기 좋던 기분이 싹 가신다. 가슴이 쿵, 내려앉는다. 김영준이다. 김영준이 여자애랑 다정하게 얘기를 나누고 있다. 얼마 전부터 둘이 사귀고 있다. 마음이 쓰리다. 대체 나는 왜 김영준을 포기 못 할까. 왜 보기만 해도 좋을까.

김영준 곁을 스쳐 지나간다. 가슴이 터져 버릴 것 같다. 걸음이 느려진다. 저절로 느려진다. 더는 못 걷겠다. 창턱에 기대는 척 서서 본다. 김영준을 본다. 눈치 못 채게 살짝 본다. 보고만 있어도 좋다.

바보 같다. 김영준은 내가 누군지도 모른다. 서로 말도 한마디 안 해 봤다. 여친도 있다. 바보. 그런데 왜 포기를 못하니? 혹시, 나, 스토커인가? 지금 스토킹을 하고 있는 건가? 급 우울해진다.

> **4월 27일**
>
> 오늘 하루 내 마음은 [ 우울 ] 했습니다.
> 왜냐하면
> 1. 언제: 오후에
> 2. 어디서: 교실에서
> 3. 누구와: 혼자
> 4. 무슨 일(말과 행동): 좋아하는 남자애를 만날 뒤에서 훔쳐봐서. 선생님, 저 스토커일까요? 때문에
>
> 잠시 눈을 감고 그때 내 마음을 떠올려 봅니다.
> 그리고 혼자 독백하듯이 3번 되뇌어 봅니다.
> "아! 그때 내 마음이 [ 우울 ] 했구나."
> 지금 내 마음은 [ 우울하고 몸이 아픕 ]니다.

아프다. 몸이 아프다. 김영준을 본 뒤로 살갗이 쑤시고 배도 아프다. 김영준 때문이 아니라 피구 때문일 거다. 안 쓰던 몸을 너무 혹사시켰다. 몸살이 났나? 오늘은 진짜로 야자 안 했으면 좋겠다. 집에 가서 드러눕고 싶다. 조퇴할까? 담임이 순순히 들어줄까?

'넌 웬만해서는 아파도 아픈 사람같이 보이지도 않아. 생긴 걸로만 봐서는 운동선수 같아. 여자가 말이야, 좀 가냘퍼 보이는 맛이

있어야지.'

언니 말이 떠오를 건 뭔가. 도저히 용기가 안 난다. 얄밉기는 하지만 언니 말이 맞다. 어차피 예쁘고 날씬한 것들만 인정하고 보호하는 더러운 세상이다. 그런데 아프다. 진짜로 많이 아프다.

교실마다 시끄럽다. 청소 시간이니까 당연하다. 청소를 하는 건지 더 어지럽히는 건지. 이 시간이면 안 보이던 먼지가 도리어 풀풀 날린다. 내 속도 먼지 날리는 교실처럼 시끄럽고 어지럽다. 지옥에 가는 심정이 이럴까? 한 걸음 한 걸음이 천근만근이다. 그래도 할 수 없다. 오늘은 너무 아프다.

교무실은 교실보다 더 북새통이다. 이 시간에는 온 학교가 이렇구나. 교무실에 웬 애들이 이렇게 많나. 아, 나처럼 야자 빠지고 싶은 아이들인가 보다. 선생들 책상마다 기본으로 대여섯 명씩 줄을 서 있다. 더욱더 힘이 빠진다. 경쟁률이 너무 높다. 지금이라도 돌아갈까? 참을까?

"아파? 아프다고? 네가? 내 눈에는 튼튼해 보이는데. 이게 어디서 거짓말이야! 이건 공부하기 싫으니까 뻑하면 아프대. 내가 너 같은 애들 원 데이 투 데이 상대하는 줄 알어?"

가슴이 덜컥 내려앉는다.

"아픈 거 좋아하네. 아프다고? 진짜 아프면 가서 진단서 끊어 와. 들어가서 자습해!"

1반 애가 벌레 씹은 표정을 하며 돌아선다. 내가 보기에는 아파 보이는데 영어 눈에는 아닌가 보다. 내가 아프니까 다른 애들도 다

아파 보이나? 하여튼 예상한 그대로다. 살벌하다. 여기저기서 선생들 고함 소리가 터져 나온다. 아무래도 잘못 온 것 같다. 참는 게 백번 낫겠다. 다행히 담임이 안 보인다. 늦기 전에 돌아가야겠다.

"네 이년! 너 웬일이야."

늦었다. 교무실로 들어오는 담임과 눈이 딱 마주치고 말았다. 빼도 박도 못하게 생겼다.

"아, 아파서……."

"응? 아파? 어디가 아파? 많이 아파?"

"네……."

목덜미에 식은땀이 축축하게 배어난다.

"이그, 이눔 지지배. 얼마나 아팠으면 얼굴이 노랗네. 지각 한 번 안 하는 녀석이 찾아온 걸 보니까 아프긴 디게 아팠나 보네. 으이그, 알았어. 얼른 가. 얼른 집에 가서 푹 쉬어. 내일까지 안 나으면 아침에 전화해. 으이그, 부실한 년, 얼른 가!"

아, 씨, 눈물이 나려고 한다. 이게 지금 정녕 현실인가? 꿈이 아니고? 돌아서는 등 뒤로 아이들 시선이 꽂힌다. 보지 않아도 안다. 부러움의 시선이다. 내가, 지금 부러움을 사고 있다. 굉장히, 아주 굉장히 특별한 대우를 받은 느낌이다. 이런 느낌, 난생처음이다.

그런데 그걸 어디 뒀더라? 그거, 그 종이. 쿨샘이 준 종이.

## 내 마음, 나도 모르겠습니다

"이성이 아무리 발달해도 마음은 못 이겨. 강이지, 니가 어떤 남자애를 보고 한눈에 뽕 갔어. 걔가 완전 좋은 거야. 근데 여친이 있네? 그럼 어쩔 거야?"

귀가 솔깃해진다. 쿨샘이 일기장에 단 댓글이 떠오른다.

'스토커는 무슨 스토커. 좋아하면 한 시간도 쳐다보는 거지.'

"당근 티를 안 내죠. 임자 있는 애한테 껄떡대다니, 쪽팔리잖아요."

강이지라면 그렇게 대답할 줄 알았다. 이걸로 내 짐작이 맞았다. 강이지는 사랑이 뭔지 모르는 애다. 껄떡대는 게 아니라 마음이 답답하고 아픈 거다. 그게 사랑이다, 강이지.

하긴 강이지가 연애를 한다는 건 상상이 잘 안 된다. 까불까불 말은 잘 하는데 애교가 없다. 몸매도 그냥 길기만 한 일자형이다. 볼륨이 없다. 무엇보다 걔 자체가 연애 같은 거에 신경을 안 쓰는 것 같다. 아니, 아직 연애를 할 만한 정신 연령이 안 된다. 철이 없다는 소리다. 철없는 게 나쁜 것만은 아니다. 인생이 평탄하다는 뜻이니까. 그러니 근심 걱정이라고는 모르는 애처럼 굴지. 오죽하면 꿈이 경찰일까. 초딩 남학생이나 꿀 꿈. 나 같으면 시켜 줘도 못한다.

"그건 니 생각이고. 그래야 옳다는. 근데 그렇게 생각한다고 순식간에 니 맘이 식을까? 아니면 안 된다는 걸 알면서도 얼굴만 보면 두근두근할까?"

"그거야……."

"마음은 진짜 마음대로 안 되는 거야."

내 말이. 진짜 마음대로 안 된다. 난 지금도 김영준을 떠올리면 가슴이 뛴다. 이렇게 아픈 짝사랑을 강아지 같은 애가 어찌 알까. 누구는 쪽팔리는 거 모르나? 쿨샘은 스토킹이 아니라고 했다. 얼마나 다행인지 모른다. 이제 마음껏 생각한다. 김영준 생각. 생각도 못 하나?

"김선경!"

"네?"

"강아지!"

"네?"

"김예리!"

"네?"

갑자기 쿨샘이 이름을 불러 댄다. 출석을 부르는 줄 알았다. 내가 그새 또 딴생각을 하고 있었구나.

"이순정!"

"……?"

어라, 쟤가 어쩌려고 대답을 안 하지?

"이순정!"

쿨샘이 다시 불렀다.

"네……."

이순정, 쟤도 나처럼 생각이 많나? 나처럼 딴생각에 빠져 있었나? 아니면 반항인가? 하여튼 뭘 해도 튀는 애다.

"봐라! 내가 계속 부르는데 순정이가 쌩까면 내가 승질 나냐, 안 나냐? 나, 순정이 저 지지배가 끝까지 대답 안 했으면 한 대 쥐어박았을 거다. 기분 팍 상해서. 마음도 마찬가지야. 마음은 한시도 쉬지 않고 너희를 부르고 있다 이 말이야. 아프다고 부르고, 슬프다고 부르고, 외롭다고, 힘들다고, 기분 째진다고…… 계속 너희를 부르고 있다 이 소리야. 그러면 봐 줘야 할 거 아니냐. 대답을 해 줘야지."

참, 힘도 좋다. 저런 걸 열정이라고 하나? 쿨샘은 대체 뭣 때문에 마음이니, 생각이니 하는 거에 열을 올릴까. 정치 선생과 마음이라……. 아무리 생각해도 연관성이 없다. 상담 샘이라면 모를까. 하여튼, 쿨샘이니까, 쿨샘이 하는 소리니까 들어 본다.

"지금부터 백지를 꺼내서 카드 열두 장을 만들어 봐. 재미있는 테스트 해 보자. 평소에 몰랐던 자기 마음에 대해서 알아보는 거야."

재미있는 테스트……. 평소에 몰랐던 마음……. 내가 모르는 내 마음은 없다. 그건 자신 있다.

"가족이나 친척 중에 좋아하거나 중요하다고 생각되는 사람 세 명을 적어 봐."

아빠, 엄마, 언니.

많지도 않은 우리 식구들. 둘이나 넷 이상이 아니라 셋만 적으라고 해서 다행이다. 누구를 빼고, 누구를 더하겠나. 이 세 사람을 좋아한다고 말하는 건 무리다. 내 마음은 내가 안다. 난 셋 다 별로 안 좋아한다. 중요하다고는 할 수 있다. 한집에서 같이 자고 같이 먹는 관계만큼 중요한 건 없을 테니까. 그래서 적었다.

"다음, 하고 싶은 일이나 갖고 싶은 직업, 또는 대학에서 전공하고 싶은 학과 중에서 두 개."

이 테스트, 쿨샘 말대로 재미는 있다. 정리되는 면이 있다. 좀 답답하기도 하다. 여태 무슨 생각을 하고 살았는지 모르겠다. 처음으로 강이지가 부럽다. 허황하긴 해도 걔는 꿈이 있다. 뭐가 되고 싶은지, 무슨 과를 가고 싶은지, 오늘 처음 생각해 본다는 게 신기하다. 한심하다.

무용하는 사람이 되고 싶다고 적었다. 허황하기가 강이지를 능가한다. 강이지가 경찰관이 되겠다는 것보다 더 비현실적이다. 굼뜨다는 소리를 밥 먹듯 듣고 사는데 무용가라니. 이 몸으로 무용가라니. 강이지를 비웃었던 거 후회한다.

그런데 무용가라고 적고 나니 무용가가 되고 싶다. 몸을 자유자

재로 펼쳐서 비상하는 무용가. 상상만으로도 설렌다.

"마지막으로 한 장을 버리자."

마지막 한 장. 아빠와 엄마가 남았다. 지금까지는 버리는 데 어려움 없었다. 느닷없이 튀어나온 무용가도 버릴 땐 쉬웠다. 난 현실적인 사람이다. 안 되는 건 안 되는 거다. 마지막도 그리 어렵지는 않다. 아빠. 주저 없이 아빠를 버리는 카드로 선택한다.

훌쩍.

우나? 누구지?

"윤미, 왜 그려."

이윤미다. 느닷없다. 쟤가 왜 울지? 나락 고등학교 선생들이 다 예뻐하는 아이. 공부 잘해, 착해, 얼굴도 그만하면 괜찮아, 뭐 하나 빠지는 게 없는 아이다. 그런데 왜?

"너무…… 마음이 아파서…… 아빠한테 너무 미안해서…… 아빠한테는 너무 미안한데…… 엄마를 버릴 수가 없어요. 전 엄마 없이는…… 살 수가 없어요."

아, 그럼 그렇지. 아름다운 눈물이다. 엄마랑 아빠 사이가 좋다는 뜻이다. 애가 반듯한 까닭이 있었구나. 윤미도 엄마를 선택하고 나도 엄마를 선택했다. 그런데 이유가 너무 다르다. 윤미는 엄마가 좋아서 선택했고, 나는 엄마가…….

나는 엄마가 불쌍해서 선택했다. 나 자신을 버리는 건 미련 없다. 어차피 존재감 없이 살다가, 존재감 없이 사라질 텐데 뭐. 엄마는? 이런 테스트에서 나라도 선택해 주지 않으면 우리 엄마, 너무 불쌍하다. 아빠한테 설설 기고, 이제는 잘난 언니한테도 끽소리 못한다.

아, 이건 뭐지? 왜 이렇게 가슴이 아리지? 우리 엄마, 진짜 안됐구나……. 코끝이 찡하다. 그냥 불쌍하다고 생각한 건데, 정말로 가엾다, 우리 엄마. 나보다 더 존재감이 없는 우리 엄마. 만날 집안에서만 종종거리는데, 그 좁은 곳에서도 아무도 알아주는 사람이 없다. 그렇게 살았구나.

다 안다고 생각했는데 모르는 게 있었다. 맞다. 내가 모르는 내 마음이 있었다. 마음…… 생각……. 뭔가 있는 거 같다. 그 안에 내가 모르는 게 있는 것 같다. 당황스럽다.

"니들 그거 아냐? 우리 학교에 우리 반 애 초상화 있다?"

이건 무슨 소리? 쿨샘을 본다. 하마터면 울 뻔했는데 잘됐다.

"미술실 앞 복도 있지. 거기 왕 커다란 인물화 하나 걸려 있거든? 그림 속에 있는 애, 우리 반 김예리랑 완전 닮았잖아. 니들은 몰랐어?"

그런 일이? 뜻밖이다. 왕 커다란 그림을 왜 못 봤지? 애들이 우르르 몰려 나간다. 그럴 줄 알았다. 유치한 것들. 하는 짓이 애들 같다. 금방 질질 짜더니, 말 떨어지기 무섭게 쫓아가는 꼴이라니. 그 대열에 낄 마음 없다. 역시, 이순정은 꼼짝 않고 앉아 있다. 포스는 그런 데서 나오는 거다.

시간표를 꺼낸다. 30분 동안 무슨 생각을 했더라? 김영준. 또 가슴이 두근거린다. 그리고 엄마. 지금은 그림……. 이제 애들은 흘어졌을 거다. 궁금하긴 하다.

"봤어? 봤니? 니들 그 그림 봤어? 닮았지, 닮았지, 진짜 닮았지?"

쿨샘이 묻는다. 벌써 며칠 전 일인데 다시 들먹인다.

"완전 닮았던데요? 우리 반 애들이 김예리 초상화라고 하잖아요, 이제."

강아지가 대답한다.

닮긴 닮았더라. 이제 알았다는 게 신기할 정도다. 특징이라고는 없는 얼굴도 그려서 벽에 걸 수 있구나 싶었다. 나 같으면 애써 그리는 그림, 기왕이면 예쁜 얼굴로 고를 것 같다. 하여튼 가만 보면 쿨샘, 좀 산만한 것 같다. 오만 걸 다 보고 다닌다.

"너, 이따 예절실로 와."

쿨샘이 쿡 찌르며 눈을 부라린다. 얌전히 청소하는 나를 왜 건드리시나. 예절실로 오라는 건, 그 야자 시간에 새로 시작한다는 모임?

"에? 저는……."

"시끄러, 요년아! 넌 멍만 때리잖아. 잔소리 말고 오라면 와."

목소리만 낮추면 뭐하나. 으르렁거리는데. 쿨샘이 약점을 잡고 늘어질 줄은 진짜 몰랐다. 자원한 사람만 받겠다고 하지 않으셨나? 순 뻥이라는 게 증명됐다. 적어도 나한테만은.

여덟 명이 방석 깔고 앉아서 이게 뭐하는 짓인가. 어색함의 극치다. 웬만하면 얼굴들은 아는 사이에 새삼스럽게 자기소개까지 했다. 서약서는 또 어떻고. 어쩐지 심각하고 으스스하다.

강이지야 이런 자리에 빠지는 게 이상하고, 이순정이 뜻밖이다. 쟤도 쿨샘한테 끌려왔나? 제아무리 쿨샘이라도 이순정이 그렇게 호락호락하지는 않을 텐데?

하여튼, 여덟 명이 둘러앉는 것도 어색한데 두 명씩 마주 보고 앉으란다. 참 별일을 다 겪는다. 내 짝은 송민경이다. 아무래도 애랑 뭔 인연이 있나 보다. 애도 떨떠름한 얼굴이다. 얘들 이런 자리인 줄 알았겠나? 쿨샘 추종자 가운데서 둘째가라면 서운해할 강이지도 몰랐을 거다. 강이지 짝은 이순정? 오, 센데? 그건 그렇고 이 어색한 곳에서, 이 어색한 질문을, 친하지도 않은 송민경에게 해야 한다. 지금.

"너는…… 요즘 어떠니?"

손발이 오그라드는 것 같다. 송민경도 괜히 목청을 가다듬는다. 그런데…… 그런데 분위기가 심상찮다.

강이지가…… 운다!

소리 없이 운다. 눈물이 줄줄 흘러서 뚝뚝 떨어진다. 놀랍다. 더 놀라운 건 이순정이다. 이순정이, 천하의 이순정이 강이지 귀에 대고 속삭인다. 다정하게, 따뜻하게. 무슨 말을 한 걸까? 우리 반 양대 존재감이 저러고 있다. 하나는 울고 하나는 위로한다.

다시 물어야 할 것 같다. 송민경에게 다시 한 번 묻는다. 정말 궁금해서 묻는다.

"너는 요즘 어떠니?"

송민경이 나를 본다. 송민경 눈가가 발개진다. 아, 씨, 나까지 눈물이 나려고 한다. 마음, 아직 나누지도 않았는데 눈물부터 나려고 한다.

3부

강아지

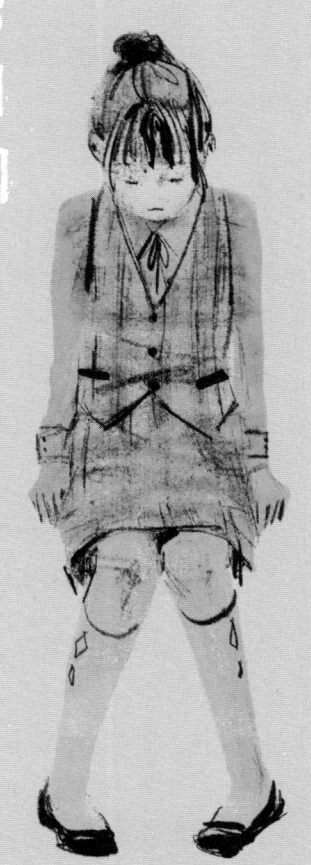

## 내 마음은 두근두근합니다

4월 15일

오늘 하루 내 마음은 [ 신났 ] 했습니다.

왜냐하면
1. 언제: 온종일
2. 어디서: 교실에서
3. 누구와: 혼자
4. 무슨 일(말과 행동): 경찰이 되겠다는 꿈 때문에

잠시 눈을 감고 그때 내 마음을 떠올려 봅니다.
그리고 혼자 독백하듯이 3번 되뇌어 봅니다.
"아! 그때 내 마음이 [ 신났 ] 했구나."
지금 내 마음은 [내가 과연 경찰대에 갈 수 있을까] 합니다.

쿨샘이 아침에 그 꼴을 봤다면 일기 다시 쓰라고 할지도 모르겠다. 하지만 다시 쓸 생각 없다. 그 일이 있기 전까지는 신났고, 신나려고 애썼다. 온종일 신났다고 쓴 건 그래, 거짓말이다. 그렇지만 잠시라도 신났던 마음을 붙잡아 두기 위해 그렇게 썼다. 내가 마음 일기에 굳이 이 얘기를 쓴 건 다짐하기 위해서다. 내 스스로에 대한 다짐, 어렵게 결정한 내 꿈을 저버리지 말자는 다짐이었다. 그리고 한 명쯤 축하해 주면 좋겠다는 마음도 있었다. 제발 터무니없다는 소리 말고 축하한다는 소리를 듣고 싶다. 꿈이 생겨서 축하한다고. 단 한 명에게서라도 축하받고 싶다. 난 지금 용기가 필요하다. 꿈을 이룰 용기가 아니라 꿈을 지켜 나갈 용기가 필요하다.

이순정이 태클을 걸 줄은 몰랐다. 상상도 못 해 본 일이다. 다른 아이들이 비웃고 놀리는 건 얼마든지 괜찮다. 아니, 비웃음이나 놀림이라고 생각하지 않는다. 그건 서로 주고받는 가벼운 농담이다. 어떤 반응이든, 나를 상처 주려는 목적으로 내뱉는 말이 아니라는 걸 잘 알고 있다. 나도 그런 의도 없이 아이들에게 아무 말이나 막 한다. 우리 사이에서는 어떤 말을 해도, 심지어 욕설을 해도, 관심이고 맞장구다.

나는 순간순간 고맙고 신기하다. 내가 아이들에게 아무 말이나 던질 수 있는 게 그렇고, 아이들이 꼬박꼬박 받아 주는 게 그렇다.

하지만 이순정은 아니다. 이순정과 나는 그런 관계를 쌓지 않았다. 일부러 편을 가르거나 배제시킨 건 아니었다. 이순정이 원하지 않았기 때문에 다가가지 않았다. 배려였다.

처음 본 순간 나는 이순정이 온몸으로 외치는 소리를 단박에 알아들었다.

'다가오지 마!'

깊은 내상을 입은 동물이 들릴락 말락 으르렁거리는 소리를, 나는 들었다. 그런 소리에 남보다 더 예민한 청각을 가진 덕분이었다. 그런 사람을 배려하는 방법을 나는 한 가지밖에 모른다. 섣불리 다가가지 않는 것. 그래서 이순정이 쳐 놓은 울타리를 절대로 넘어가지 않았다.

그 울타리를 넘어온 건 이순정이었다. 상처가 깊어서 곪을 대로 곪으면 예기치 않은 순간에 터지기 마련이다. 하지만 하필 내 앞에서 터질 줄은 몰랐다.

"씨발! 꿈이고 지랄이고 입 좀 닥쳐!"

이순정이 소리쳤을 때 나는 그 자리에 못 박힌 듯 얼어붙었다. 어김없이 가슴이 두근거렸다. 오래된 증상이다. 누군가 갑자기 내 앞에서 버럭 소리를 지르면 나는 꼼짝을 못 하고 만다. 반사적으로 일어나는 일이기 때문에 내 의지로 조절되지 않는다. 그리고 얼어붙어 있는 동안 가슴이 미친 듯이 뛰며 불안감에 휩싸인다. 팔다리가 후들후들 떨리도록 겁이 난다. 내 눈으로 보지 못해서 알 수는 없지만 얼굴도 잔뜩 겁에 질려 아주 가관일 거다.

내가 잘했고 못했고는 아무 영향을 끼치지 않는다. 영문 모른 채 당하는 상황이라고 해도 나는 어김없이 얼음이 되어 버린다. 오늘 이순정 앞에서처럼.

이 기묘한 '얼음땡' 놀이에서 풀려나는 방법은 한 가지밖에 없다. '땡!'을 외쳐 주는 대신, 고함을 멈춰 주는 것. 소리가 멈추고도 한참 뒤에야 나는 제정신을 차릴 수 있다. 그리고 그제야 상황 분석이 가능해진다. 내가 잘못해서 당한 일이라면 순순히 인정하는 편이다.

그런데 아무 잘못도 없이 당한 일이라고 해도 별다른 저항을 못하기 일쑤다. 우선 타이밍을 놓칠 때가 많다. 뒤늦게 억울함과 분노가 뒤섞여서 부글부글 끓어오르지만 혼자 삭이고 만다. 머릿속으로는 '그때 내가 이렇게 대꾸했다면 상대가 꼼짝 못했을 텐데, 이런 말로 공격했다면 내 속이 시원해지고 상대는 낯이 부끄러웠을 텐데……' 따위의 온갖 시나리오가 떠오르지만, 상황은 끝난 지 오래다.

솔직히 말하자면 나는 싸움을 못한다. 다툼에 약하다. 싸움이라고 해서 다 소리부터 지르면서 시작하는 건 아니다. 때에 따라서는 나와 상대, 둘이 함께 서서히 끓어오르는 경우도 있다. 그런 경우에도 나는 제대로 싸우지 못한다. 조목조목 잘 따지는 상대를 만나면 더더욱. 조목조목 따진다고 다 옳은 건 아니다. 말은 잘하는데 듣다 보면 교묘하게 제 입장만 합리화시키고 나를 억울하게 몰아붙일 때가 더 많다. 어처구니없어서 열통이 터질 노릇이라 나도 조목조목 맞받아치고 싶지만, 어찌된 게 내 입에서 나오는 소리라는 건 '어버버' 수준이기 일쑤다.

이러나저러나 싸움에 소질이 없는 나는 이순정 앞에서 속수무책이었다. 교실에서 그 증상이 나타난 것도 참 오랜만이었다. 하지만 이순정이 꽥, 소리치고 나서 시간이 한참 지난 뒤에도 화는 나지 않았다. 이순정의 속마음을 읽어 버렸기 때문이다.

"씨발! 꿈이고 지랄이고 입 좀 닥쳐!"

이순정은 '씨발'에 악센트를 싣지 않았다. 내 귀를 파고든 건 '꿈이고 지랄이고'라는 말이었다. 이순정의 화난 마음이 고스란히 그 부분에 실려 있었다. 의도와는 상관없이 내가 이순정의 치명적인 상처를 건드렸다는 걸 직감했다. 말 한마디 나눈 일 없는 나한테 아침부터 충격적인 공격으로 상처를 입히기 전에, 이미 그 아이가 상처를 받았다는 걸 깨달았다. 그러니 울타리를 먼저 넘은 건 이순정이 아니라 나였던 거다.

경찰이 되겠다고 했을 때 아이들은 코웃음을 쳤다. 그럴 줄 알았다. 심지어는 학교 유리를 깨 놓고, 범행을 은폐하려는 수작이라고도 했다. 그런 반응이 나올 줄도 알았다. 그런 코웃음도 비난도 평소에 우리가 주고받는 농담이라는 것 또한 알았다. 그래서 마음 상하지 않았다.

하지만 아이들이 모르는 게 있다. 내 꿈은 농담이 아니라는 것.

막연하던 내 꿈에 모양을 만들어 준 사람은 쿨샘이다. 지난 정치 수업 시간이었다.

"정치, 하면 뭔 생각이 드냐?"

쿨샘이 물었다.

"골이 아파요!"

내가 잽싸게 대답했다. 누가 질문하면 반응을 해 주는 게 예의라고 나는 생각한다. 이름을 부르면 대답을 해 주는 것도. 더구나 내가 존경하는 쿨샘이다. 나는 쿨샘이 물으면 가장 먼저 대답하는 사람이 되어 있었다.

"제대로 모르니까 골이 아픈 거여, 이년들아!"

이럴 땐 침묵. 이럴 때 끼어드는 건 명강의를 막 펼치려는 쿨샘의 호흡을 끊어 놓는 짓이니까.

"정치 수업은 처음도 민주주의, 끝도 민주주의여. 민주주의가 뭐냐. 민주! 백성 민, 주인 주. 말 그대로 백성이 주인인 사상이여. 백성이 몇 프로여. 백성이 99프로여. 99프로가 주인인 세상이 민주주의 세상이여. 이걸 좀 잊지 말어! 시험 볼 때에도 민주주의가 헷갈리면 무조건 백성이 주인이다, 백성이 주인이다, 이 소리만 떠올리도록 햐! 이 민주주의 제도 안에 기본권과 법이 있어. 법, 좋아. 민주주의 법은 잘 되어 있어. 나쁘지 않아. 근데 알아야 면장을 하지! 뭔 법이 있는지 알아야 써먹을 거 아녀, 이년들아. 정치를 잘 배우면 기본권과 법을 알게 되고, 기본권과 법을 잘 알고 있으면 법이나 권력 앞에서 억울한 일을 당하지 않을 수 있어. 그러니까 너희가 민주주의 세상에서 당당한 99프로로 대접받으면서 살려면 정치 수업을 열심히 해야 한다, 이 소리여. 알아들어?"

"네!"

모두 입을 모아 대답했다. 하지만 나는 궁금한 게 있었다.

"샘, 애들은요? 우리 같은 애들한테는 해당 사항이 별로 없잖아요. 우리 같은 애들이 뭔 힘이 있나요?"
"왜 없어!"
"뭔데요?"
"내가 딱 두 가지만 예를 들어 주마. 니들이 주로 생활하는 공간이 어디여?"
"학교죠."
"그려. 우리 학교만 봐도 니들이 민주주의만 제대로 알면 바꾸고 싶을 일들이 널려 있단 말이다."
"……?"
나뿐만 아니라 다른 아이들도 쿨샘 입을 쳐다보고 있었다.
"먼저 이놈의 이름표!"
이름표? 나는 교복 윗주머니에 새긴 내 이름표를 내려다보았다.
"니들은 등신같이 교복에 이름을 떡하니 박아서 다니고 싶냐? 이것들아, 자유라는 게 말이다, 뭘 할 수 있는 것도 자유지만, 하지 않을 수 있는 것도 자유란 말이다. 이름을 강제로 가슴에 새기고 다니는 것도 기본권에 위배되는 일이야. 정치 공부를 제대로 하면 누구나 알 수 있는 사실이다, 이거여!"
"그래도 맘에 드는 남학생이 이름표 보고 제 이름 알면 좋잖아요……."
송민경이 기어들어 가는 소리로 말했다. 그러자 쿨샘이 송민경을 보며 대꾸했다.
"이, 그랴. 너는 알려. 그래도 안 잡아가. 다만, 알리고 싶지 않은 사람은 안 알릴 권리가 있다. 이 소리야. 알겠어, 이년아?"

"네……."

"다른 한 가지는요?"

내가 물었다.

"또 한 가지는 보충 수업. 니들 보충 수업 공짜로 받냐?"

"아뇨!"

"니들 부자야?"

"아뇨."

나락 고등학교 학생 가운데 부자는 없다. 아니, 없다고 확신한다. 돈 많은 부자가 굳이 왜 이런 동네에 와서, 이런 학교에 자식을 맡기겠나.

"그려. 니들 보충 수업비 내잖아. 돈 없는 너희들한테 돈 걷어서 하는 게 보충 수업 아니냐고."

"네."

"근데 돈까지 내고 받는 수업인데, 왜 니들은 니들이 원하는 수업도 못 받냐?"

충격이었다. 한 번도 그런 생각을 해 보지 않았다는 게 오히려 이상했다. 맞는 말이다. 돈 내고 가는 학원에서는 학원이 정해 주는 과목을 수강하지 않는다. 원하는 과목을 선택해서 돈을 내고 듣는다. 당연히 그렇게 한다. 하긴, 나는 학원에 다닐 돈도 없지만.

요즘 우리가 받는 보충 수업 과목 가운데는 도덕과 한문도 있다.

"니들은 그게 분하지도 않냐? 도덕, 한문이 나쁘다는 얘기가 아녀. 이왕 돈을 내고 받는 수업이라면 너희가 꼭 듣고 싶은 과목을 들어야 할 거 아니야! 좋은 과목, 나쁜 과목이 있다는 소리가 아니라, 니들이 원하는 과목을 들어야 한단 소리야. 니들한테는 그걸 선택할 권리가 있단 말이야. 니들의 선택을 존중받을 권리가 있어. 근데 니들은 그런 권리가 있다는 것 자체도 모르고 있잖아. 알면 바꿀 수 있는데. 내가 니들을 보고 있으면 답답해서 아주 죽겠어. 나는 이렇게 분한데! 나는 말이다, 애들아."

아이들은 잠자코 쿨샘을 바라보았다. 쿨샘의 안타까운 마음이 교실에 진하게 내려앉았다.

"나는…… 니들이, 바꿔 볼 엄두조차 내지 못하는 너희들이, 그렇게 기죽어 지내는 너희들이…… 서글프다."

쿨샘이 말했다. 정말로 서글퍼 보였다. 안타까움과 서글픔이 뒤섞인 쿨샘의 마음이 교실 가득 전달됐다.

"우리…… 괜찮아요, 선생님……."

어떤 아이가 위로하듯 말했다. 적절한 반응이었다. 쿨샘은 정말로 위로가 필요해 보였으니까. 그런데 나는 쿨샘을 위로할 생각이 없었다. 따지고 보면 위로를 받을 사람은 우리 자신이었다. 쿨샘을 위로하는 대신, 내 마음 깊은 곳에서 올라오는 소리를 들었다.

'그렇구나. 학교에서 뭔지 모르게 답답했던 게 이런 일들 때문이었구나. 내 일인데도 내 스스로 선택해 본 적 없는 일들……. 나한테도 권리라는 게 있었구나. 혹 내가 바꿀 수 있지 않을까? 나, 강이지도 할 수 있지 않을까? 교사인 쿨샘은 바꿀 수 없지만, 학생인

나 강아지는 할 수 있을지 모른다. 해 볼까? 과연 내가 해도 될까? 나한테도 힘이 있을까……?'

 느닷없이 떠오른 생각이었지만 가슴이 설레었다. 어쩌면 내 힘으로 나를 비롯한 누군가를 지킬 수 있을지도 모른다는 기대가 신선한 흥분을 불러일으켰다. 불합리한 제도든, 폭력이든, 상처든 상관없다. 아무리 사소한 어떤 것이라도 내가 지킬 수 있다는 걸, 나한테 그런 힘이 있다는 걸 증명할 수만 있으면 되는 거다. 참으로 오랫동안 내가 그걸 갈구하고 있었다는 사실을 그때 깨달았다. 경찰이 되겠다는 꿈을 확정지은 것도 그때였다.

 경찰이 되고 싶다는 건 꽤 오래전부터 해 온 생각이었다. 그냥 생각이었다. 막연한 동경 같은 것. 그렇다고 유니폼이 멋지다거나 포스가 있다거나 하는 이미지 때문에 동경했던 건 아니다. 경찰을 떠올리면 뭐라고 형상화할 수 없는 나만의 이미지가 머릿속에서 맴돌았다. 굳이 표현하자면 마음이 든든해지는 어떤 것?

 경찰 대학교에 갔다는 건 거짓말이었다. 그 정도 허풍이야 늘 떨었고, 아이들도 허풍으로 받아들인다는 걸 알기 때문에 해 본 소리였다. 하지만 경찰대를 가기 위해서 필요한 정보는 정말로 알고 있었다. 인터넷으로 뒤져 본 거지만. 인터넷을 뒤질 때만 해도 선망하는 연예인을 사진으로나마 훔쳐보는 것과 비슷한 심정이었다. 저절로 눈이 가는 대상, 그게 나한테는 경찰이었다.

 그런데 쿨샘의 수업을 들으며 가슴이 뛰었다. 막연한 동경이 아니라 실제로 부딪쳐 보고 싶은 충동이 일었다. 법과 권리, 세상을 바꾸고 지키는 힘. 머릿속에서만 맴돌던 이미지가 뚜렷한 형체를 띠고 살아나는 것 같았다.

할 수 있을까? 나한테도 그런 힘이 있을까? 도전해 볼까?

뭔가를 지키고 싶다는 바람. 나는 언제나 그런 바람이 있었다. 지키고 싶은 사람들이 있었다. 경찰 본연의 임무, 단순하게는 시민의 안전을 지키는 거겠지. 그 본연의 임무와 내 바람이 맞아떨어지기 때문에 경찰이 되고 싶은 거냐고 누가 묻는다면, 그렇다고 대답할지도 모른다. 그렇게 단순한 생각에서 출발했느냐고 비아냥거려도 할 수 없다. 사실 나, 단순하니까. 어쨌든 그 바람을 실현시킬 수 있는지 내 능력을 시험해 보고 싶다. 우선 학교 안에서, 내 힘으로. 이 시험이 성공한다면 내 꿈도 허황하지만은 않을 것 같다. 자신감이 붙을 것 같다.

# 내 마음은 두렵습니다

현관 초인종을 누르려다가 멈칫했다. 다시 그 증상이 시작되고 있다. 불안과 두려움으로 두근두근 뛰는 가슴, 못 박힌 듯 굳어 버리는 몸.

"와장창!"

냄비가 날아갔나 보다.

나는 선 채로 호흡을 가다듬었다. 필사적으로. 지금은 '땡'이 없어도 얼음에서 풀려나야 한다. 스스로 얼음을 녹여 내야 한다. 내가 아무리 바라도 저 소리는 스스로 멈추지 않을 것이기 때문에. 그래도 안으로 들어가야 할 책임이 있기 때문에.

나는 두 눈을 질끈 감고 초인종을 눌렀다. 영원히 문이 열리지 않기를 바라는 마음과 빨리 열리기를 바라는 마음이 몇 초 사이에 천 번은 오고 갔다.

마침내 문이 열렸다.

"누나……."

이호. 그래, 너일 줄 알았다. 바로 밑 남동생이 눈물범벅이 된 눈으로 나를 쳐다보고 있었다. 잔뜩 겁에 질린 눈이었다.

"그래, 누나 왔어. 괜찮아. 들어가자. 괜찮아, 이호야."

나는 이호의 어깨를 감싸 안고 안으로 들어갔다. 오늘 같은 날, 집은 집이 아니라 말 그대로 '나락'이었다. 공교롭게도 나는 나락에서 나와 나락으로 들어서는 길이었다.

"그래, 부숴라, 부숴! 돈 잘 버니까 다 갖다 부셔!"

거실에서 엄마가 바락바락 소리를 질렀다.

"돈! 돈! 돈! 돈! 너는 남자가 자존심으로 사는 걸 모르지? 알 리가 없지. 무식한 게 뭘 알아! 부수라면 못 부술 줄 아나, 엉?"

아빠가 다시 던질 걸 찾아 두리번거리며 소리쳤다.

"엄마…… 아빠…… 제발……."

나는 더듬더듬 입을 열었다. 가슴이 터질 것 같았다. 제발 참아 달라고, 그만 싸우라고 간절히 말하고 싶었지만 소리가 안 나왔다. 다행인지 불행인지, 더듬거리는 소리나마 들은 아빠가 고개를 돌려서 나를 보았다. 나는 이호를 감싼 팔에 힘을 주며 눈으로 애원했다. 아빠는 내 눈을 외면하며 단호하게 소리쳤다.

"이호 데리고 들어가!"

나는 시키는 대로 했다. 할 수 있는 일이 그것밖에 없었다. 다시 엄마가 눈물을 삼키며 악쓰는 소리가 터져 나왔다.

"새끼들은 커 가는데 나더러 어떻게 살라는 소리야! 하소연도 못 해? 없는 돈에 아등바등 살림하다가 하소연도 못 하냐고!"

새끼들. 그래, 방에는 내가 당장 돌봐 줘야 할 동생들이 또 있다. 이준이, 이웅이, 우리 쌍둥이들.

"누나!"

이제 갓 초등학생이 된 쌍둥이가 비 맞은 새끼 새처럼 파들파들 떨며 내 품으로 뛰어들었다.

"괜찮아, 괜찮아, 괜찮아……."

나는 무릎을 꿇고 쌍둥이를 안아 주며 다독였다. 그사이 이호는 털썩 주저앉아 벽에 기대더니 한숨을 푹 내쉬었다. 6학년이 되면서 부쩍 말수가 없어진 아이였다.

"이호야, 이리 와."

이호가 고개를 푹 숙인 채 앉은걸음으로 다가왔다. 나는 방문을 닫고 세 동생을 끌어안았다. 밖에서 또다시 그릇 깨지는 소리가 요란하게 났다. 막내 이웅이가 자지러질 듯한 울음을 터뜨렸다. 그러자 이준이까지 울어 버렸다. 나는 한 팔로는 이웅이 귀를, 다른 팔로는 이준이 귀를 틀어막으며 쌍둥이를 힘주어 끌어안았다. 어떻게든 싸우는 소리가 들리지 않게 해 주고 싶었다. 하지만 두 개밖에 안 되는 내 손으로 세 동생의 귀를 다 막아 줄 수는 없었다.

"못 살아! 이렇게는 못 살아! 차라리 갈라서자, 갈라서!"

엄마가 찢어지는 소리를 냈다. 가슴이 덜컥 내려앉았다. 할 수만 있다면 동생들이 아니라 내 귀를 틀어막고 싶었다.

"누나…… 엄마랑 아빠, 이혼하는 거야?"

이호가 겁에 질린 얼굴로 나를 보며 울먹였다. 나는 짐짓 침착하게 대답했다.

"아니, 안 해. 괜찮아. 엄마가 화가 나서 하는 소리야. 괜찮아."

말은 그렇게 했지만 나도 불안했다. 이호의 불안한 눈동자 속으로 언뜻 내 모습이 비쳤다.

내가 쌍둥이만큼 어릴 때, 이호가 세 살 때, 그때도 지금처럼 엄마와 아빠가 싸웠다. 그때도 지금처럼 그릇이 날아가 깨지고, 엄마가 울부짖었다. 지금보다 더 가난해서 단칸방에 살던 때였다. 하나밖에 없는 방에서 엄마 아빠는 난투극을 벌였고, 이호와 나는 지금 쌍둥이처럼 자지러지게 울었다. 그때도 엄마가 지금처럼 소리쳤다.

"깨끗이 갈라서자!"

어린 나는 저도 모르게 베개를 들고 아빠에게 달려갔다. '갈라서자'는 엄마의 말이 내 등을 떠밀었다. 갈라서자는 말이 엄마가 떠나겠다는 소리로 들렸다. 나를 버리고 가겠다는 소리로 들렸다. 엄마 없는 세상은 상상도 할 수 없었다. 쓰디쓴 약이 가슴 한가운데부터 사방으로 번져 가는 것처럼 아팠다. 매서운 바람이 몰아치고 얼음이 꽁꽁 얼어붙은 깜깜한 골목길에 혼자 맨발로 서서 잃어버린 집을 찾아 두리번거리는 심정이었다. 나를 둘러싼 세상이 텅 빈 어둠에 갇혀 버린 것 같았다.

나는 베개를 있는 힘껏 휘둘러서 아빠를 때렸다. 아빠 때문에 엄마가 떠나려고 하기 때문에. 아빠가 소리를 쳐서 엄마가 갈라서자고 하기 때문에. 아빠를 치며 소리쳤다.

"싸우지 마! 엄마 도망간단 말이야! 아빠, 그만해!"

하지만 아무리 베개를 휘둘러도 아빠는 꿈쩍하지 않았다. 내가 때리거나 말거나 아랑곳없이 주먹을 허공에 대고 휘두르며 고함을 질러 댔다. 나는 그만 방바닥에 주저앉고 말았다. 그때 눈물과 콧물과 침이 한데 엉겨서 턱 밑으로 길게 늘어진 채 숨이 넘어갈 듯 꺽꺽거리는 이호 얼굴이 눈에 들어왔다. 이호가…… 죽을 것만 같았다.

나는 허겁지겁 무릎걸음으로 기어가서 이호를 안았다. 그리고 두 눈을 질끈 감고 두 손으로 이호의 귀를 틀어막았다. 그제야 이호가 으아앙, 울음을 터뜨렸다. 나는 우는 이호의 얼굴을 가슴으로 당겨서 힘껏 끌어안았다. 끌어안은 채 기다렸다.

힘센 어른을 기다렸다. 너무나 힘이 세서 베개로는 꿈쩍도 하지 않는 아빠, 그리고 쉬지 않고 소리치는 엄마를 말려 줄 어른을 기다렸다. 누구라도 좋으니 문을 열고 들어와서 싸움을 말려 줄 어른. 하지만 아무리 기다려도 그런 어른은 나타나지 않았다.

"나도 지긋지긋하다! 갈라서자면 못할 줄 아냐?"

아빠 목소리가 들려왔다. 겁에 질린 채 힘센 어른을 기다리는 어린 동생들이 내 앞에 있었다. 나는 세 동생을 한꺼번에 끌어안으며 큰소리로 말했다. 엄마 아빠의 목소리가 파묻히기를 바라며 큰소리로, 짐짓 씩씩하게, 아무렇지도 않다는 듯.

"괜찮아! 울지 마! 누나가 있잖아! 누나가 지켜 줄게. 걱정하지 마. 우리 동생들, 용감하지?"

눈을 떴다. 어두웠다. 잠에서 깬 나는 주위를 둘러보았다. 방 안 풍경이 희끄무레하게 눈에 들어왔다. 동생들이 몸을 잔뜩 웅크린 채 잠들어 있었다. 동생들과 함께 나도 어느덧 잠이 든 모양이었다. 바깥 동정을 살폈다. 잠잠했다. 드디어 싸움이 끝났나 보다. 하긴, 싸움이 끝났으니 잠이 들었겠지. 아마 아빠는 슬리퍼를 끌고 술집으로 갔을 거고, 엄마는 불 꺼진 안방에서 웅크리고 있을 거다.

나는 서랍장 위에 차곡차곡 쌓아 놓은 이불을 내려서 동생들을 덮어 주었다. 막내 이웅이가 꿈에서도 눈물을 삼키는지 흐윽, 소스라치는 소리를 냈다. 나는 행여 깰세라 이웅이의 가슴을 다독다독 두드려 주었다. 이웅이는 한숨을 한 번 폭 쉬더니 잔잔한 숨결을 되찾았다.

나는 동생들이 편하게 잠들기를 빌었다. 편히 자고 편히 깨기를 바랐다. 내일 아침에는 집안이 조용하기를 바랐다. 불안한 기운 때문에 자다가 깬 기억이 떠올랐기 때문이다.

단칸방에 살 때 엄마 아빠는 이따금씩 이른 새벽부터 두런두런 얘기를 주고받곤 했다. 그때까지는 별 탈이 없었다. 자다 깨다 한마디씩 들어보면 내 얘기, 이호 얘기, 이웃집 얘기 같은 소소한 이야기들이었다. 그렇게 두런거리는 소리를 엿듣다가 깜박 잠이 들 때도 많았다.

문제는 그렇게 시작한 얘기가 싸움으로 번지는 경우였다. 지금도 그렇지만 싸움의 발단은 주로 돈 때문이었다.

"돈, 그놈의 돈!"

대개는 아빠가 그렇게 소리를 지르면서 싸움이 시작됐다. 그리고 아빠 목청이 커지는 순간, 나는 잠에서 번쩍 깨어났다. 번쩍, 이기는 했지만 눈을 뜨거나 몸을 일으킨 건 아니었다. 정신이 번쩍 들었다는 뜻이다. 평소에는 저음이다가 화가 나면 조금 높고 가늘어지는 아빠 특유의 목소리에, 잠에서 깰 때마다 가슴이 두방망이질 쳤다. 쿵쾅쿵쾅 심장이 뛸 때마다 가슴골을 타고 두려움과 불안감이 퍼져 나갔다.

불안한 가운데서도 나는 잠에서 깬 내색을 하지 않았다. 어쩐지 그래야 할 것 같아서. 한편으로는 계속 자고 있으면 엄마 아빠가 싸움을 멈출지도 모른다는 기대감 때문이었다. 하지만 그런 기대가 현실로 이루어지는 일은 거의 없었다.

내 바람과 달리 엄마 아빠의 목소리는 점점 더 커지고 말투는 거칠어져 갔다. 그리고 나는 꼼짝도 할 수 없었다. 일어날 수도, 잘 수도 없었다. 어쩌면 나의 그 기묘한 '얼음땡' 증상은 그때부터 시작된 것인지도 모른다.

그런데 어떤 날은 싫어도 몸을 뒤척일 수밖에 없었다. 오줌이 너무 마려웠기 때문이다. 하루는 반듯하게 누워 있는데, 오줌이 마려워서 아랫배가 터질 것 같았다. 나는 하는 수 없이 뒤척이는 척하며 옆으로 돌아누웠다. 돌아누우며 살짝 눈을 떴는데, 희미한 새벽빛에 비친 이호의 얼굴이 눈에 들어왔다. 이호가 눈을 질끈 감고 있었다. 얼마나 힘을 주었는지 양 눈썹이 가운데로 몰려 있었다. 이호도 깨어 있었던 거다. 이호도 나처럼 잠이 든 척했던 거다.

뭐라고 형언하기 힘들 만큼 마음이 아팠다. 이호는 대체 언제부터 그랬을까? 나는 괜찮았다. 내가 불안하고 두려운 건 참을 만했다. 그런데 이호가 나처럼 힘들게 견디고 있었다는 걸 안 순간, 몸속에서 불꽃이 터진 것처럼 분노가 폭발하고 말았다. 나는 벌떡 일어섰다.

"제발 그만……."

나는 그 두 마디밖에 토해 내지 못했다. 엄마와 아빠가 동시에 나를 보았다. 엄마 아빠 눈이 휘둥그레졌다. 내 종아리를 타고 오줌이 줄줄 흘러내리고 있었던 거다. 딱 한 번, 내 힘으로 엄마 아빠의 싸움을 멈춘 날이었다. 그리고 화가 나면 '어버버' 수준으로밖에 말을 못하게 된 첫날이기도 했다.

그 뒤로도 엄마 아빠의 싸움은 끊이지 않고 이어졌다. 싸움을 말릴 유일한 수단은 내 오줌이 아니라 돈이었으니까. 소문난 싸움꾼 부부의 딸인 나는 평균 이하의 싸움 실력 때문에 한 번 더 오줌을 쌌다. 초등학교 5학년이라는 나이에, 교실에서, 아이들이 다 지켜보는 가운데.

발단은 이상훈이라는 남자애였다. 그즈음 나만 보면 짓궂게 장난을 쳐 대는 아이였다. 하필이면 내 뒷자리에 앉아서 수업 시간마다 뾰족하게 깎은 연필로 내 목을 간질이고, 머리카락을 헤집곤 했다. 지우개 가루를 몽땅 만들어 내 자리로 훅훅 불어 날리기도 했다. 하지 말라고 몇 번 말했지만 소용이 없었다.

그러던 어느 날, 수업이 끝난 직후였다. 화장실이 급했지만 꾹꾹 참고 있던 터였다. 나는 선생님이 나가자마자 벌떡 일어서서 뒷문으로 달려갔다. 아니, 달리려고 하다가 콰당 넘어지고 말았다. 이상훈이 내 발을 슬쩍 건 거였다. 놀란 아이들이 우르르 몰려들었다. 창피하고 화가 나서 얼굴이 벌겋게 달아올랐다. 나는 이상훈을 가만두지 않겠다는 생각으로 번개처럼 일어서다가 그만…… 오줌을 싸고 말았다. 뜨뜻한 오줌이 다리를 타고 흘러내리는 동안 나는 하늘이 노랗다는 말이 무엇인지 실감했다. 심지어 이상훈마저도 어쩔 줄 모르는 얼굴로 나를 쳐다보고 있었다.

그 뒤로 내 곁에 얼씬거리는 아이는 단 한 명도 없었다. 나한테 말을 거는 아이도 없었고, 내 말에 대꾸하는 아이도 없었다. 이상훈도 더는 나한테 장난을 치지 않았다. 그렇게 오래오래 나는 혼자였다.

학교에서 철저히 혼자가 되어 지내는 동안에도 엄마 아빠는 그칠 줄 모르고 싸워 댔다. 중학생이 되면서는 두려움과 불안감만큼 분노도 함께 쌓여 갔다. 대상이 딱히 없는 분노였다. 싸움에는 지지리도 소질이 없으니 대상이 없는 편이 나았는지도 모른다.

하지만 억누르면 터진다고 쿨샘도 말하지 않았나. 내 분노도 어느 날 나름의 대상을 찾아서 폭발했다. 학교 유리창이었다. 아무도 없는 빈 교실 유리창. 나는 큼직한 돌멩이를 집어서 힘껏 던졌다. 유리는 기대했던 것보다 훨씬 큰 소리를 내며 깨졌다. 속이 후련했다. 한 번도 경험해 보지 못한 쾌감에 온몸이 파르르 떨려 왔다. 난생처음으로 아빠가 이해될 지경이었다. 아, 이 맛에 던지는군!

그러나 쾌감을 만끽할 사이도 없이, 나는 당직을 서던 수위 아저씨한테 붙들렸다. 이튿날 담임이 시니컬한 얼굴로 물었다.

"부모님 모시고 올래, 한 달 동안 반성문 쓸래?"

나는 반성문을 택했다. 그리고 열심히 썼다. 진짜로 반성하는 진짜 반성문이었다. 나는 그 한 달 동안 재활 치료 중인 마약 중독자처럼 그날 밤 맛본 쾌감을 반성하고 또 반성했다. 그 쾌감을 잊지 못해서 아빠를 닮아 갈까 봐 피나게 반성했다.

내가 반성하지 않으면 이호도 그 쾌감을 알아 버릴 것 같아서 반성했다. 이준이, 이웅이까지도. 왜 그런 생각이 드는지는 몰랐지만 오싹 끼치는 소름에 온몸을 후드득 떨며 한 달 내내 반성했다.

하지만 그 쾌감만큼은 지금까지도 생생하게 살아 있다.

"너 이년, 왕따였지?"

쿨샘이 그렇게 물었을 때 사실 당황했다.

"표시…… 나요?"

당황한 표정을 숨기지 못하자 쿨샘이 오히려 당황한 것 같았다.

"아니, 그냥 해 본 소리구만……. 표시가 난 게 아니라, 나랑 비슷한 것 같아서 물어본 거야."

"네? 샘이요? 샘이 왕따였다고요?"

놀라웠다. 천하의 쿨샘이 왕따였다니.

쿨샘 차를 얻어 탄 날이었다. 야자 끝나고 나오는 길이었는데, 쿨샘이 마침 혼자 학교를 빠져나오던 나를 보고 차를 세웠다.

"야, 타! 가는 데까지 데려다 줄게."

나는 얼른 올라탔다. 마다할 이유가 하나도 없었다. 우쭐, 신이 나기까지 했다.

"넌 술 담배 안 하나?"

차에 타자마자 쿨샘이 물었다. 나는 영문을 몰라서 멀뚱멀뚱 쿨샘만 쳐다봤다.

"아니, 지난번에 어떤 년을 태웠는데, 담배 냄새가 확 나는 거야."

"그래서요?"

"'야, 이년아! 내가 니 선생이야, 선생!' 소리를 꽥 질러 줬지."

그때 왜 이순정 얼굴이 스치고 지나갔는지 모르겠다.

"근데 넌 안 하냐고, 술 담배?"

"타락도 돈이 있어야 하는 거예요."

진심이었다.

그렇게 우연히 쿨샘과 한 차에 타고 얘기를 나누게 되었다.

"왕따보다는 스따에 가까웠겠다."

"왜요?"

"그냥. 인생이 우울해서."

"샘도 우울할 때가 있으셨어요?"

"난 사람 아니냐? 왜 그렇게 우울했는지는 나중에야 알았지."

"왜 그랬는데요?"

"나 어렸을 때, 우리 엄마 아빠가 무지하게 싸웠거든."

"네에……."

나는 최대한 아무렇지도 않은 척 대답했다. 나는 그런 것 잘 모른다는 듯. 하지만 가슴이 서늘해지는 건 어쩔 수 없었다.

"어느 날 새벽에 눈을 떴는데, 엄마가 윗목에 웅크리고 앉아 있는 거야. 근데, 어라? 엄마 옆에 가방이 있네? 내가 어쨌는지 아냐?"

"……?"

"자다가 엉엉 울면서 엄마한테 매달렸어. 나도 데려가라고. 제발 나도 데리고 가라고……. 겁이 났거든. 엄마가 언니랑 오빠만 데리고 가 버릴까 봐 너무너무 겁이 난 거야. 사람들이 만날 나한테 아빠 쪽 빼닮았다고 그랬거든. 아빠를 닮았으니까, 나도 아빠처럼 꼴 보기 싫어서 엄마가 나만 놔두고 가 버릴 것 같았어. 어휴!"

쿨샘이 후드득 몸을 떠는 시늉을 했다. 지금 생각해도 아찔하다는 듯. 가슴이 싸했다. 갑자기 눈물이 핑 돌았다. 예상치 않은 일이었다. 나는 얼른 손등으로 눈두덩을 슥 문지르고 태연한 척했다.

"우냐? 와, 그렇다니까. 내가 이렇게 감동을 준다니까. 아, 난 진짜……."

"울긴요, 안 울어요!"

나는 짐짓 큰소리를 쳤다. 실은 우리 막내 얼굴이 떠올라서 눈물이 난 거였다. 그런 일이 있었구나, 쿨샘도 막내였구나.

"흠, 암튼 그때부터 매일매일 불안했던 것 같아. 자고 일어나면 엄마가 나만 두고 가 버렸을까 봐. 그래서 한동안 엄마한테 끽소리도 못했어. 엄마 눈치만 살살 살피고…… 암튼 우울했다."

"그래서…… 샘도 마음 일기를 쓰신 거예요?"

"아니, 마음 일기를 쓴 건 아니고, 마음이 뭔가, 공부를 했지. 내 마음이란 걸 알아주고, 관찰하고, 대답해 주고 하는 연습을 하다 보니까, 어느 날 내 모습이 보이더라. 그런 일이 있었다는 것도 까맣게 잊고 있었는데 갑자기 생각난 거야. 엄마한테 매달리던 내 모습이 딱 떠오르는데, 막 눈물이 나더라. 어린 내가 되게 안됐더라고."

"네에. 그래서 샘 엄마는 어떻게 되셨는데요?"

"지금도 아빠랑 티격태격하면서 사신다. 지난번에는 엄마한테 막 따졌지. 나한테 사과하라고. 그때 왜 그랬냐고."

"그랬더니요?"

"엄마는 그럴 생각 없었대. 집을 나가 버릴까, 생각은 했는데 나를 미워한 적은 없다는 거야. 내 참, 우울했던 내 인생이 억울해서 원……. 그래도 마음공부를 한 덕분에 내가 그때 그랬구나, 알게 된 거야. 겁에 질린 어린 나를 안아 주고, 괜찮다고 해 주고……. 이제는 마음이 많이 풀렸어. 그런 상처가 있다는 걸 나 자신도 몰라줬으니 그동안 내 마음이 주인인 나를 얼마나 미워하고 원망했겠냐."

"샘, 마음을 알면 뭐가 좋아요?"

나는 궁금했던 걸 물었다. 어떻게 하면 어둡고 무거운 얘기를 쿨샘처럼 가볍게 털어놓을 수 있는지 알고 싶었다.

"좋은 점……. 힘이 생겨. 내 마음을 모르면 눈이 자꾸 밖으로 가거든. 다른 사람, 다른 조건, 다른 환경, 이런 것 때문에 흔들리고, 힘들고, 괴로워질 때가 많아. 그런데 내 마음을 알면 중심이 잡히면서 흔들리지 않게 돼. 힘들면 힘들구나, 하고 내가 알아주고 지치면 지치는구나, 하고 내가 알아주는데 굳이 다른 사람 위로가 필요하지 않잖아. 다른 사람 눈치 안 봐도 되잖아."

지난번 테스트 시간에도 한 번 들은 이야기였다. 하지만 여전히 알 것도 같고 모를 것도 같았다. 나는 잠자코 쿨샘 이야기에 귀를 기울였다.

"그리고 지혜가 생겨. 어차피 내가 바꿀 수 있는 건 한계가 있어. 너, 아무리 소원한다고 해도 네 힘으로 남북통일을 이룰 수 있니?"

"……."

"빌 게이츠가 되고 싶다고 해서 당장 될 수 있어? 저런 새끼들을……!"

오른쪽 차선에 있다가 갑자기 우리 앞으로 끼어든 승용차 때문에 급브레이크를 밟으며 쿨샘이 소리쳤다.

"갑자기 매너 있는 사람으로 바꿀 수 있냐고! 마음을 알면 저 인간이 어떻고, 누가 부럽고, 누가 미워 죽겠고, 하는 데 에너지를 낭비하는 시간이 줄어들고, 그 대신 지금 당장 내가 할 수 있는 일이 무엇인지 찾게 되지. 누가 부러우면 아, 내가 부러워하는구나, 그럼 저 사람처럼 되려면 뭘 해야 할까, 하고. 대책을 세울 수 있게 된단 소리야."

나는 고개를 끄덕였다.

"그리고 중요한 건데, 내가 항상 옳은 것만은 아니라는 사실을 알게 돼. 좀 전에 끼어들었던 사람 있지?"

"네."

"미안하다고 비상 깜빡이 켜고 좌회전 차선으로 다시 옮겨 갔어. 길을 몰라서 차선을 잘못 탔다가 표지판을 보고 급하게 좌회전을 해야 해서 끼어들었던 거야. 매너가 없는 게 아니라 몰라서 그랬던 거라고. 이러면 내가 욕했던 게 부끄러워지잖냐. 우리 엄마가 나만 놔두고 가 버릴 거라고, 틀림없이 그럴 거라고 믿었는데 결과는 어때? 엄마는 그럴 생각이 없었다잖아."

"그러니까 다른 사람을 이해하게 된다고요?"

"그럴 수도 있지. 그런데 어떨 때는 이해하는 것도 오해가 될 수 있어. 내 마음도 모르는데 다른 사람 마음을 내가 어떻게 알겠니. 섣불리 이해했다고 믿는 것도 위험하지. 그냥, 지금 내가 생각하는 게 옳지 않을 수도 있다, 이 사실만 잊지 않아도 마음이 한결 느긋해져. 덜 오해하고, 덜 미워하고, 그래서 내 자신이 덜 힘들지."

"그럼 자신감이 없어지지 않을까요? 옳다고 믿고 밀고 나가야 하는데, 처음부터 김이 빠져 버리면……."

"아니지, 옳다고 믿고 빡세게 밀고 나갔는데 실패하면 완전 실망이잖아. 옳지 않을 수도 있지만 해야 하니까, 하지만 실패할 수도 있다, 하고 미리 마음을 먹으면 초조하지 않지. 성공하면 좋고, 실패해도 실망하지 않고, 오히려 더 자신감이 생길 수도 있다, 이 소리야. 그러면 스스로를 미워하는 일도 줄어들게 돼. 실패해도 미워하지 않게 된다 이거지. 점점 더 자신을 사랑하게 되는 거여. 그러면 어떻게 돼, 딴 사람이 나를 좀 덜 사랑해도 내가 날 사랑하니까 꿋꿋하게 버틸 수 있는 거여. 이게 마음을 알면 좋은 점들이여, 알겠냐?"

"그러면 샘은 자신을 사랑해서 혼자서도 잘 사시는 거예요? 결혼도 안 하시고?"

내가 물었다. 진짜로 궁금하기도 하고.

"미쳤냐? 난 남자가 필요해. 절대적으로다가! 연애를 해야 한다고! 내 자신보다 남자가 더 좋아, 난."

쿨샘다운 대답이었다. 키득거리며 차에서 내리려는데 쿨샘이 지나가는 말처럼 물었다.

"너네 엄마 아빠는 안 싸우시냐?"

"에? 에, 별로……. 고맙습니다, 샘. 안녕히 가세요!"

나는 얼른 차에서 내렸다.


'추카 추카! 꿈이 생긴 것, 진짜로 축하한다.^^ 경찰대 안 가도 경찰관은 될 수 있는 거 알지?'

역시 쿨샘은 내 기대를 저버리지 않았다. 마음 일기장을 덮고 시계를 보았다. 새벽 3시 37분. 현관문 열리는 소리가 들렸다. 아빠가 들어오는 모양이었다. 술에 취했겠지. 다시 마음이 무거워지려고 했다. 나는 가슴에 손을 대고 혼자 중얼거려 보았다.

"강아지, 불안해지려고 하는구나. 너 지금 불안하니?"

그리고 머리를 굴려 보았다. 지금 당장 내가 할 일이 뭘까. 해야 할 일. 나는 아직 옷도 못 갈아입은 상태였다.

'지금 당장, 교복부터 갈아입자. 옷 갈아입고 일단 자자.'

## 내 마음은 가볍습니다

왜 그랬을까? 왜 눈물이 났을까?

"요즘 넌 어떠니?"

이순정이 물었을 때 참으려고 했다. 이순정이 묻자마자 눈물이 왈칵 쏟아지려고 해서 어떻게든 참아 보려고 했다. 그런데 내 힘으로는 막을 수가 없었다. 마치 천 년 동안 기다려 온 사람을 만난 것처럼 반갑고 서러운 감정이 복받쳤다. 그 질문을 받기 위해 살아온 사람 같았다.

눈물과 함께 다 쏟아 냈다. 한 번도 내 입으로 해 보지 않은 이야기를 다. 쿨샘은 가볍게 한 이야기를 나는 울며불며 했다. 창피한 줄도 몰랐다. 다행히, 나만 그런 질문을 기다린 게 아닌 모양이었다. 묻자마자 울기 시작한 아이가 더 있었으니까. 껵껵거리며 얘기를 하면서도 틈틈이 나는 그 아이와 쓸쓸한 동지애를 느꼈다.

"힘들었겠다……. 힘들겠다, 정말……."

얘기를 마치자 이순정이 그렇게 말했다. 이순정의 눈에도 눈물이 그렁그렁 맺혀 있었다. 고마웠다. 그렇게 얘기해 줘서. 그리고 같이 울어 줘서. 그리고 더 이상 다른 말을 덧붙이지 않아서. 이순정과 한순간에 친구가 된 느낌이었다.

"이런 얘기를 하게 될 줄 몰랐어요."

쿨샘이 소감을 얘기해 보라고 하자 나처럼 울면서 얘기했던 아이가 그렇게 대답했다. 나도 똑같은 심정이었다. 나는 그 아이를 보며 씩 웃어 주었다. 그리고 맞장구쳐 주었다. 동지에 대한 예의였다.

"맞아요. 진짜 몰랐어요. 전혀 그럴 생각 없었는데……."

말하지는 않았지만 소감이 더 있었다. 속이 후련하다는 것. 후련했다. 몸무게가 반은 줄어든 것처럼 가볍고 후련했다. 유리창을 깬 것보다 백배는 더 후련했다.

집으로 돌아가는 길, 나는 일부러 이순정 곁으로 다가갔다. 친해진 느낌도 느낌이지만 꼭 할 얘기가 있었다. 이순정도 나를 밀어내지 않았다.

"전혀 그럴 생각 없었는데……. 내가 왜 갑자기 그런 얘기를 했는지 모르겠어. 내가 왜 그랬는지 진짜 모르겠다."

내 얘기를 처음부터 끝까지 들어 준 이순정에게 나는 그렇게 얘기를 시작했다. 사실은 고맙다고 하고 싶었지만 그 말은 나오지 않았다. 그러자 이순정이 대꾸했다. 쿨샘이 들려준 이야기를 빌려서 이렇게.

"그 마음도…… 지나갈 거야."

내 귀에는 '괜찮아, 어색해하지 마.'라는 소리로 들렸다.
"히…… 그러겠지?"
나는 짐짓 씩씩하게 웃어 보이며 말했다. 그러고 하고 싶었던 얘기를 꺼냈다.
"저기…… 이순정, 너 나 좀 도와주라."
이순정이 대답 대신 나를 보았다.
"나, 설문 조사 할 거거든?"
"설문?"
"응, 보충 수업 건. 지난번에 쿨샘 얘기 듣고 깨달은 게 있어서. 암튼 니 도움이 꼭 필요해."
우선은 밀어붙였다. 자세한 얘기는 대답을 듣고 나서 해도 되니까. 다행히도, 이순정이 고개를 끄덕였다.
"좋았어! 앗싸, 네 전화기 줘 봐."
이순정이 멀뚱멀뚱 나를 쳐다보며 휴대폰을 만지작거렸다. 나는 빼앗다시피 그걸 낚아채서 내 이름과 전화번호를 등록했다. 그리고 나한테 전화를 걸었다. 내 전화기에 이순정 번호가 떴다.
처음부터 이순정에게 제안할 생각은 없었다. 아니, 이순정 같은 애가 함께 해 주면 좋겠다는 마음은 있었지만 그 이상은 아니었다. 그동안은 피차 그런 얘기를 주고받을 만한 관계가 아니었으니까. 그런데 마음 나눔 활동 시간이 뜻밖의 연결 고리 역할을 해 줬다.
이순정과 함께하고 싶은 이유는 한 가지였다. 이순정이 가진 힘. 온종일 같은 교실에 있어도, 이순정은 먼저 나서서 말 한마디 하는 아이가 아니었다. 말수로 따지자면 우리 반뿐만 아니라 전교에서 으뜸가게 과묵했다. 그런데도 이순정이 창가 맨 뒷자리에 앉아 있다는 사실을 다들 알고 있었다. 온종일 조잘조잘 떠들어 대는데도 있는지 없는지 잘 모르는 아이도 있는데, 이순정은 달랐다. 존재 자체만으로도 교실을 압도하는 힘을 가진 아이였다.

내가 하려는 시도에는 그런 힘을 가진 아이가 절대적으로 필요했다. 혼자 힘만으로는 아이들을 설득할 수 없다는 걸, 나는 잘 알고 있었다. 두루두루 아이들과 잘 어울리기는 하지만 나한테는 이순정이 가진 것과 같은 힘이 없다. 만약 나 혼자 나서서 설문 조사를 하겠다고 하면, 처음부터 장난으로 치부될 게 뻔했다.

장난 좋아하고 가벼운 강이지. 그게 아이들이 떠올리는 나의 이미지였다. 내 스스로 설정한 이미지이기도 했다. 다시는 돌아가고 싶지 않은 과거와 결별하기 위해 내가 만든 이미지. 그렇다고 이제 와서 새삼스럽게 다른 모습으로 인식되고 싶은 생각은 없다. 그저 지금 이 모습만으로도 나는 충분히 감사하니까.

어쨌든 내가 가진 약점을 보완해 줄 사람으로 이순정만 한 아이가 없었다. 그런데 마음 나누기를 한 뒤 이순정과 함께하고 싶은 이유가 한 가지 더 생겼다.

이순정은 마음 나누기 시간에 제 속내를 드러내지 않았다. 그냥 요즘 잘 지낸다고 짤막하게 대답했다. 쿨샘은 얘기하기 싫으면 안 해도 된다고 했다. 그러니 나처럼 모든 걸 다 쏟아 내지 않았다고 해서 문제가 되지는 않는다. 하지만 이순정은 안 하는 게 아니라 못했다. 느낌만으로도 알 것 같았다.

지난번 나와 부딪쳤을 때도, 또 그전에도 느꼈지만 이순정은 말이 아니라 온몸으로 상처를 드러내는 아이였다. 상처가 크고 버거워서 말이 안 나오는 아이였다. 내 눈에는 그렇게 보였다. 그런 이순정이 안타까웠다.

나는 이순정에게 가벼워지는 법을 알려 주고 싶었다. 다 털어놓았을 때 내가 느낀 후련함과 가벼움을 이순정도 느끼게 해 주고 싶었다. 무언가를 함께 나누면서 거리를 좁혀 간다면 언젠가 이순정이 먼저 말을 꺼낼지도 모른다는 생각이 들었다. 그런데 이순정이 내 제안을 받아들였다. 생각했던 것보다 훨씬 순순히. 집으로 돌아가는 발걸음이 한결 가벼웠다.

집은 평화로웠다. 쌍둥이는 함께 거실에 엎드려서 숙제를 하고, 이호는 방에서 책을 읽고 있었다. 엄마는 쌍둥이 옆에서 빨래를 개켰다. 내가 참 좋아하는 평화로운 광경이었다. 나는 그 평화의 냄새를 깊이 들이마셨다. 언제 우리 집에 싸움이 있었나 싶었다. 학교에서 엄마 아빠 얘기를 털어놓고 오는 길이라서 그런지 살그머니 미안한 마음이 피어올랐다.

"아빠는?"

내가 물었다.

"대리 가셨지."

엄마가 대답했다.

내가 우리 엄마 아빠를 끝내 미워할 수 없는 이유. 엄마와 아빠는 싸움도 열심히 했지만 생활도 정말 열심히 꾸려 갔다. 아빠는 두 가지 일을 했다. 낮에는 조그만 트럭으로 화물 운송을 하고, 밤이면 대리운전을 한다. 엄마도 하루에 여섯 시간씩 식당에서 주방 보조를 해서 돈을 번다. 문제는 열심히 일을 하지만 늘 돈이 모자라다는 데 있다. 그래서 싸우고, 싸우는 날은 아빠가 일을 안 나간다. 돈이 없어서 싸우는데, 싸우느라 돈을 못 버는 희한한 일이 좀 자주 일어나는 집, 그게 우리 집이다.

나는 얼른 씻고 내 방에 앉아서 설문지 작성 방법을 연구했다. 이순정과 의논하겠지만 우선 혼자라도 고민하는 게 행복했다. 난생처음으로 내가 나를 비롯한 친구들의 권리를 위해서 작은 일이라도 할 수 있다는 게 생각만으로도 뿌듯했다. 문득 쿨샘 얼굴이 떠올랐다.

샘~ 우리 엄마랑 아빠도 자주 싸워요ㅜㅜ 잘 아시겠지만 ^^;

쿨샘에게 문자를 보냈다. 지난번에 털어놓지 못한 게 마음에 걸려서. 그런데 쿨샘이 답 문자 대신 곧장 전화를 했다.
"네, 샘!"
"너 이년, 괜찮지?"
피식, 웃음이 나왔다. 나를 걱정해 주는 쿨샘의 마음이 읽혔다.
"그럼요!"
"이것만 잊지 마라. 엄마 아빠는 그냥 싸우시는 거야. 싸울 일이 있어서 싸우시는 거라고. 냉정하게 생각해. 그건 엄마 아빠 일이야. 네 문제가 아니야. 그러니까 간섭하지 않겠다고 냉정하게 생각하란 말이다. 알겠어?"

그래도 눈앞에서 싸울 때는 냉정해지지 않는다고, 하려다가 그냥 네, 하고 대답했다.

"지금은 네가 바꿀 수 있는 게 별로 없어. 부모님을 바꿀 수도 없고, 부모님이 싸우는 현실을 바꿀 수도 없어. 하지만 너는, 네 마음은 바꿀 수 있어. 네 마음을 잘 보고, 네 마음을 받아 주고, 그리고 지금 당장 네가 할 수 있는 일들을 생각해 봐. 그게 지혜라는 거야, 알겠니?"

"네, 샘. 그럴게요. 그렇게 해 볼게요. 걱정 마세요. 샘은 뭐 하세요?"

"나, 사우나 갈 거야. 내가 이 연약한 몸으로 니들을 상대하자니 얼마나 힘이 들겠니. 사우나 갔다 와서 푹 잘 거야, 씨."

"네, 잘 다녀오세요!"

나는 키득거리며 전화를 끊었다. 그리고 그로부터 30분쯤 흐른 뒤 문자가 왔다. 이순정이었다. 반가움보다는 놀라움이 앞섰다. 웬일일까. 나는 얼른 확인 버튼을 눌렀다.

미안. 약속 못 지키겠다. 도와주고 싶었는데, 잘 지내…… 안녕.

잘 지내…… 안녕.

문자에도 감정이 묻어난다. 굳이 이모티콘을 넣지 않아도 보낸 사람의 마음이 읽힌다. 이순정의 문자를 받는 순간 가슴이 덜컥 내려앉았다. 깊은 절망과 체념이 느껴졌다. 이순정이 안간힘을 쓰며 붙잡고 있던 끈 하나를 놓아 버리려 한다는 사실을 직감했다. 그리고…… 누군가 붙잡아 주기를 바라는 실낱같은 마음도 읽혔다.
나는 떨리는 손으로 미친 듯이 답 문자를 보냈다.

이순정 내가 갈게 잠깐만 기다려 금방 갈게 지나갈 거야 다 지나갈 거야 주문을 외워 조금만 참아

나는 무조건 집을 나서서 뛰었다. 뛰면서 다시 문자를 보냈다.

이순정 숨 크게 쉬어 눈 똑바로 뜨고 지금 있는 곳이 어딘지 나한테 알려 줘

나는 전화기에서 눈을 떼지 않으며 뛰었다. 행여 이순정이 보낸 문자를 놓칠까 봐. 뚫어지게 보고 있으면 이순정이 내 성의를 봐서라도 답을 보낼 것 같아서. 다행히, 다행히도 이순정에게서 답이 왔다!

"이순정!"
내가 소리쳐 부르자 이순정이 고개를 들었다. 어둡고 차가운 옥

상에 이순정이 주저앉아 있었다. 난간 바로 밑이었다.

"너! 괜찮니?"

이순정이 멍한 눈으로 나를 쳐다보았다. 그 눈 속에 내가 아주 잘 아는 어떤 아이의 모습이 담겨 있었다. 누군가를 애타게 기다리는 아이, 잔뜩 웅크린 어깨를 감싸 줄 누군가를 오래 기다려 온 아이의 모습이었다. 지금 붙잡아 주지 않으면 난간 너머 컴컴한 허공 속으로 주저 없이 날아가 버릴 것 같은 아이의 모습이었다.

나는 황급히 그 아이를 붙잡았다.

"괜찮아, 괜찮아, 괜찮아, 순정아……."

나는 이순정을 안고 등을 토닥여 주었다. 이순정이 어깨를 들썩였다. 내 가슴에 기댄 이순정이 울기 시작했다. 한번 터진 울음은 걷잡을 수 없이 커져 갔다. 오래 참은 눈물이었다. 나는 잠자코 이순정이 울게 해 주었다.

시간이 얼마나 지났을까. 이윽고 밤이 새도 그칠 것 같지 않던 이순정의 울음이 잦아들었다. 이제 내 어깨를 빌려 줘야 할 때였다. 그리고 이순정에게 다시 한 번, 진심을 다해서 질문을 해 주어야 할 때였다.

나는 이순정을 안고 있던 팔을 풀고 옆에 나란히 앉았다. 그리고 이순정의 머리를 내 어깨에 기대게 했다.

"이순정, 요즘 넌 어떠니……."

나는 가만히 물었다. 대답을 바라고 한 질문은 아니었다. 그저 그렇게 물어 주기를 오랫동안 기다린 사람에 대한 예의였다.

이순정이 그쳤던 울음을 다시 터뜨렸다. 이번에도 한동안 멈출 것 같지 않은 울음이었다. 나는 잠자코 기다렸다. 내가 눈물을 그칠 때까지 이순정이 기다려 준 것처럼.

그리고 이순정이 입을 열기 시작했다. 엄마 얘기, 할머니 얘기, 아빠 얘기……. 나는 그저 들었다. 간섭이나 판단, 지적질 하지 않고. 얘기를 들으며 한 사람, 한 사람의 가슴속에 대체 얼마나 다양하고, 얼마나 아픈 얘기들이 얼마나 많이 쌓여 있을지 궁금했다. 나누기 전에는 가늠하기조차 힘든 이야기며 상처들. 나누고 나면 함께 느끼게 되는 마음들. 누구에게나 한 가지쯤은 공감할 이야기들이 숨어 있을 것 같았다. 그 사실만 서로 잊지 않아도 더는 외롭지 않을 것 같았다.

"너 진짜 힘들었겠다……."

얘기를 듣고 나서 나는 그렇게 말해 주었다. 다른 말은 필요가 없었다. 그 누구보다 내가 더 잘 알고 있었다.

이순정이 마침내 고개를 들고 웃음을 지었다. 한결 가벼워진 그 마음을 짐작하고도 남았다.

"우리 학교에 갈래?"

내가 말했다. 이순정도 나도 더 나누고 싶은 얘기가 있었다. 낯설고 차가운 건물 옥상과는 어울리지 않은 이야기들.

"미안해……. 미안했다……. 사과하고 싶었어."

학교 운동장가에 있는 의자에 나란히 앉았을 때, 이순정이 먼저 말을 꺼냈다.

"뭘?"

"그때, 교실에서 내가 욕했던 거……."

"아, 그거. 괜찮아. 잊었어. 다 지나갔어."

나는 일부러 씩씩하게 말했다. 사실이었다. 나한테는 그 순간에 이미 지나간 일이었으니까. 그래도 이순정이 사과해 주어서 좋았다.

"근데…… 너는 네 귀를 막는 게 어떨까?"

"……?"

뜬금없는 소리에 나는 어리둥절했다. 무슨 소리인지 도무지 알아들을 수가 없었다. 멀뚱거리는 나를 보더니 이순정이 씩 웃으며 말했다.

"왜 긴장하고 그러냐. 너 안 잡아먹는다. 내 말은, 엄마 아빠 싸울 때 무섭다며. 그때 네 귀를 막으라는 소리야. 너는 동생들이 가엾다고 하지만, 나는 네가 가여워. 동생들한테는 네가 있지만, 네 옆에는 귀를 막아 줄 사람이 아무도 없잖아. 어렸을 때부터 지금까지 쭉."

"아, 그 소리였구나!"

가슴이 따뜻해졌다. 이순정은 내 얘기를 흘려듣지 않았던 거다. 내 아픔을 같이 아파해 준 거다.

그때 퍼뜩 떠오른 게 있었다.

"담배 피울래? 줄까?"

무슨 정신으로 그랬는지 모르겠는데 집에서 뛰어나오는 와중에

현관 신발장 위에 놓여 있던 아빠의 담뱃갑을 낚아채어 주머니에 쑤셔 넣었다. 앞뒤 잴 것 없이 내 손이 먼저 알아서 한 짓이었다. 그런데 지금 생각해 보니 나도 무의식 속에서 이순정을 염려하고 있었던 모양이다. 이순정이 내 귀를 틀어막는 게 어떨까 하고 궁리했듯, 나도 그랬나 보았다. 기껏 생각한다는 게 담배라는 게 우습긴 하지만 말이다. 게다가 쿨샘 차에 담배 냄새를 풍기며 탔다는 아이가 이순정이라는 보장도 없는데.

"너도 담배 피우니?"

이순정이 물었다. 너도 피우냐고. 적어도 내 추측이 틀리지는 않았다는 게 증명됐다.

"아니. 나는 아닌데, 어쩌면 너한테 필요할 것 같아서 아빠 거 훔쳐 왔어. 줄까?"

이순정이 피식 웃었다. 기분이 나쁘지는 않은 것 같았다.

"실은 아까부터 생각났는데 참고 있었어."

"그래? 참지 마. 내가 줄게."

나는 바지 주머니에 손을 넣었다. 그런데 이순정이 나를 말렸다.

"아니, 주지 마. 참을래."

"왜?"

"참는 연습을 해야 끊지."

"으응. 끊을 생각이구나."

"내가 담배 피우는 거 알면 우리 할머니가 기절하실 거야. 마산댁 할머니도 기절하고, 감나무집 할머니도 기절하고, 이장님도 기절하고, 하하. 가시내가 담배 피운다고 온 동네가 뒤집힐걸."

나는 이번에도 처음에는 무슨 뜻인지 못 알아챘다. 그러다가 한 박자 늦게야 이순정의 팔을 움켜쥐며 물었다.

"너, 갈 거니? 할머니한테?"

이순정이 천천히 고개를 끄덕이며 대답했다.

"그럴까 해. 그동안 왜 못 간다고만 생각했는지 모르겠어. 엄마 곁에는 내가 반드시 있어야 한다고 생각했어. 따지고 보면 강요한 사람은 아무도 없는데. 나 혼자 내가 엄마를 지키고 있다고 믿은 거지. 그걸 오늘에서야 알았어. 바보같이."

바보 같다고 했지만, 그 바보 같은 깨달음을 얻기 위해서 오늘 밤 이순정이 얼마나 치열한 사투를 벌였는지 나는 알고 있다. 옥상 난간을 사이에 두고 삶과 죽음을 넘나드는 혼자만의 싸움 끝에 얻어 낸 귀중한 열매일 터였다. 그 열매에 대해 이순정이 담담하게 설명하고 있었다.

"그런데 내가 누굴 지키냐. 엄마를? 참, 나 우습더라. 나 자신도 못 지키는 주제에. 생각해 보니까 엄마나 나나 쌤쌤이야. 엄마는 죽어라 아빠만 붙잡고 살고, 나는 또 죽어라 할머니만 붙잡고 살고. 나, 오늘 인정했어. 내가 진짜로 원하는 사람은 할머니였다고 말이야. 할머니한테라면 나도 할 일이 있어. 우리 할머니, 다리가 아프니까 내가 도와줄 수 있는 게 많아. 게다가 할머니랑 나랑은 같이 있으면 좋아. 둘 다 행복해. 하지만 엄마는 아니야. 내가 엄마한테 고객을 끌어다 줄 수 있나, 아빠를 찾아다 줄 수 있나……. 냉정하다고 욕할지 모르지만 우선 나부터 살아야겠어. 그렇게 할래. 나, 아직 애야. 애가 엄마를 지킬 의무 같은 건 없는 거 아니니? 능력도 없지만 말이야. 나, 오늘 혼자서 테스트 다시 했다. 지난번에 선택하고 버리고 하는 그 테스트 말이야. 이번에는 엄마를 버렸어. 그게 내 마음인 걸 어떡해."

냉정해질 필요가 있다는 쿨샘의 말이 떠올랐다. 싸우는 건 엄마 아빠 문제지 내 문제가 아니라는. 나는 이순정의 냉정한 결정을 존중해 주고 싶었다.

"그래. 당장은 아플지 모르지만 너희 엄마도 결국 잘 견뎌 내실 거야. 너 없이 혼자서도 10년 동안 잘 사셨잖아. 그때도 견뎠는데 지금이라고 못 견디겠니? 근데 난 좀 서운하다!"

이순정이 의아한 눈으로 나를 보았다.

"좀 친하게 지내 볼까 했더니 떠난다며?"

이순정이 내 손을 살짝 잡았다가 놓으며 말했다. 미안한 얼굴로.

"설문 조사는 도와주고 갈게. 걱정 마. 그리고 가끔 보자."

이순정과 나의 마음 나누기는 그 뒤로도 한참 동안 더 이어졌다. 우리는 어느새 10년쯤 알고 지낸 사이처럼 허물없이 얘기를 주고받았다.

"강이지, 너는 엄마랑 아빠랑 그렇게 싸우는데도 이혼한다는 소리가 무서워?"

"당근. 엄마도 아빠도 없으면 안 돼."

"치사하다. 난 아빠 없는데."

"난 엄마 아빠 아니면 갈 데 없잖아. 근데 넌 여기 아니어도 갈 데가 있잖아. 할머니. 근데 이순정, 나 그때 좀 감동했다?"

"……?"

"너, 내 이름 알고 있더라? 아까 예절실에서 니가 그랬잖아. '괜찮아 강이지…….' 기분 진짜 좋았어."

"우리 반에서 네 이름 모르는 애가 어딨냐. 나도 눈 있고 귀 있어. 알 건 다 알아……."

오월의 봄밤이 깊어 가고 있었다.

# 내 마음은 뿌듯합니다

파트너로 이순정이 적격이라는 내 예상은 적중했다. 이순정은 기대를 훌쩍 뛰어넘는 훌륭한 전략가였다. 처음 기획은 내가 했지만 나머지는 모두 이순정이 한 거나 다름없다. 둘이서 머리를 맞댄 첫날, 이순정은 몇 가지 원칙을 정했다며 이렇게 말했다.

"생각은 네가 한 게 맞지만, 지금부터는 내가 처음부터 계획하고 진행했다고 할게."

"……?"

"만약에 탈이 생기면 내가 뒤집어쓰면 되는 거야. 그래 봐야 난 곧 전학 갈 거니까 상관없어. 알았지?"

나는 얼떨결에 고개를 끄덕였다. 슬그머니 겁이 나기도 했다. 하지만 안 그런 척 큰소리를 쳤다.

"설문 조사 좀 하는 게 그렇게 큰일이니? 내가 애들 선동해서 데모를 하자는 것도 아니잖아."

그러자 이순정이 이렇게 대답했다.

"큰일 아닌데, 큰일이 날 수는 있어. 아이들이 문제가 아니라 선생님들이 문제지. 학교는 우리가 개기는 것 자체를 싫어하잖아. 잘못했다가는 진짜로 애들 선동해서 데모하는 걸로 오해할 거야. 촛불 시위 때나 마찬가지야. 미국산 쇠고기 위험해서 안 먹겠다고 정책을 바꾸자고 했더니 어땠니. 물대포 쏘고, 잡아가고, 난리가 났잖아."

"그럼 어떻게 해야 하나……?"

"이왕 시작했으니까 잘해야지. 그러니까 첫째, 내가 시작한 거야. 알았지?"

나는 고개를 끄덕일 수밖에 없었다.

"둘째, 애들한테는 진지하고 실용적인 접근을 해야 해. 우리한테 꼭 필요한 권리라는 걸 정확하게 알리자. 설문 조사의 목적은, 보충 수업은 우리한테 꼭 필요해서 우리가 돈을 내고 받는 수업이니까 우리가 원하는 과목을 듣겠다는 거야. 2학년 전체 아이들한테 그 목적에 찬성하는지 묻고, 찬성하는 쪽이 많으면 그다음에는 어떤 과목을 가장 원하는지 물어야겠지. 그리고 그 결과를 학교에 전달하면 되는 거야. 단, 선생님들한테는 최대한 공손하게, 예의를 갖춰서 우리 뜻을 전달해야 하고. 괜히 책잡혀서 하고 싶은 말도 못 하면 안 되잖아."

그쯤 되자 이순정이 없었으면 큰일 날 뻔했다는 생각까지 들었다. 도대체 내가 궁리한 건 다 뭐였나 싶었다. 알고 보니 이순정은 똑똑한 아이였다. 그렇게 논리 정연한 아이가 어쩌면 그토록 말문을 닫고 살았을까?

"그럼 이제 설문지를 만들어 보자."

이순정은 마치 백 년 동안 준비해 온 사람처럼 척척 알아서 일을 진행했다. 글도 잘 썼다. 적어도 나보다는 훨씬 더. 경찰이 될 몸이 굳이 글까지 잘 쓸 필요는 없다고, 나는 스스로를 위로했다.

'보충 수업에 관한 이 설문지는 장난으로 작성한 것이 아닙니다. 교육을 받는 학생 입장에서 우리의 정당한 요구 사항을 학교에 전달하기 위해 실시하는 조사입니다. 설문 문항을 신중하게 읽고 각자 의견을 진지하게 표기해 주시기 바랍니다.'

이순정은 그와 같은 '당부의 글'을 덧붙여서 설문지를 작성했다. 설문 문항은 세 가지였다.

첫째, 현재의 보충 수업 과목에 만족하는가. 예. 아니오.
둘째, 불만족인 경우, 원하는 다른 과목이 있는가. 예. 아니오.
셋째, 원하는 과목이 있다면 어떤 과목인가.

"이제 준비 끝난 거야? 이렇게 하면 되나? 우리 쿨샘한테 한번 물어볼까?"

설문지 작성을 마치고 나는 이순정에게 물었다. 막상 일이 시작된다고 생각하니 긴장이 됐다. 쿨샘이 함께해 주면 든든할 것 같았다. 하지만 이순정은 단호하게 고개를 가로저었다.

"쿨샘은 끌어들이면 안 돼."

"왜?"

"가뜩이나 우리 반에서 나서면 담임이 시켜서 한 줄 알 거야. 그럼 샘이 곤란해져. 안 그래도 학교에서 찍혔을 텐데, 애들까지 선동했다고 하면 진짜 잘릴지도 몰라. 이 일은 철저히 우리끼리 계획하고 추진해야 해. 쿨샘은 모르게. 그게 쿨샘을 보호해 드리는 길이야."

"앗, 그렇구나!"

나는 주먹으로 내 머리를 쳤다. 단순하기 짝이 없는 내 머리에 경각심을 심어 주기 위한 몸짓이었다.

"이제 출력해서 복사를 해야 하는데, 비용이……."

이순정이 고개를 갸웃했다. 2학년 전체 열여섯 반에 돌리려면 어림잡아도 700장을 복사해야 했다. 학교 앞 문구점에서 문서 한 장을 복사하는 비용은 100원이었다. 7만원. 우리한테는 거액이었다. 일사천리로 진행되던 일에 삐걱, 제동이 걸렸다. 이럴 때 '까짓 거 내가 쏠게!' 하며 척 내놓을 수 있으면 얼마나 좋을까. 이순정도 그런 마음이겠지만, 피차 형편이 안 된다는 건 잘 알고 있었다. 논리 정연한 이순정도 어쩌지 못할 상황이었다.

그때 퍼뜩 떠오른 생각이 있었다.

"아, 학급비! 이순정, 우리 학급비 있잖아. 체육 대회 때 탄 거."

그렇게 해서 반장인 이윤미까지 합세하게 되었다. 아니, 2학년 3반 모두가 추진하는 일로 변했다.

우리가 그간의 상황을 설명하고 학급비를 지원해 줄 수 있는지 묻자, 이윤미는 이렇게 말했다.

"나는 찬성이야. 하지만 반장이라고 해서 내 맘대로 학급비를 처리할 수는 없잖아. 그러지 말고 반회의에 붙이자. 쿨샘도 그러셨잖아. 민주주의는 99퍼센트인 백성이 주인이라고. 우리 반 99퍼센트한테 의견을 물어야지."

이윤미는 나와 이순정의 아이디어로 설문 조사를 진행하게 된 과정을 아이들에게 설명하고 학급비에 관한 의견을 물었다. 아이들은 의외로 선선히 학급비 집행에 찬성해 주었다. 사실, 아이들의 관심은 학급비가 아니라 설문 조사라는 생각을 해내고 추진한 나와 이순정에게 쏠려 있는 듯했다. 아이들의 반응은 실로 열화와 같았다!

"완전, 완전, 완전 쩐다. 강이지, 니가 웬일이냐?"

"대박! 워, 워, 우리 이지가 사람 됐어요!"

"이것이 뭔 일이냐. 쉬운 년, 너 이러다 경찰대도 붙는 거 아니야? 기적을 보여 다오."

"좋았어. 설문 조사 나도 같이 해 줄게. 16반까지 다 돌아야 되잖아. 같이 하자!"

아이들이 주로 환호하는 대상은 나였다. 표면적으로는. 이순정이 이 일에 앞장섰다는 반장의 말에 모두 놀라움을 넘어 충격까지 받은 게 틀림없는데도 드러내 놓고 표현은 하지 않았다. 아니, 못했다. 아직 이순정은 아이들이 다가가기에는 멀고 낯선 존재였다.

하지만 나에게 보내는 환호가 이순정에게도 닿아 있다는 건 분명한 사실이었다.

생각지도 못했던 기발한 방법도 튀어나왔다.

"복사하는 데 뭐하러 돈을 그렇게 많이 쓰냐. 각자 집에서 스무 장씩만 뽑아 오면 되지! 백 장, 천 장 뽑는 것도 아니고, 그 정도면 부담 없잖아?"

그 의견은 만장일치로 통과됐다. 결국 학급비를 쓰지 않고도 문제가 간단히 풀린 셈이었다. 99퍼센트. 장삼이사. 어중이떠중이. 그러나 '99'라는 절대다수의 힘을 나는 처음으로 실감했다. 함께 뭉친 숫자의 힘, 그건 대단히 큰 거였다.

2학년 3반 전체가 함께 움직인 설문 조사는 막힘없이 진행됐다. 반장을 제외하고, 자원한 아이들 중심으로 둘씩 짝을 이뤄서 각 반을 돌았다. 나는 이순정과 짝을 맞췄다. 다른 반 아이들도 설문 조사의 취지를 설명하자 기꺼이 호응해 주었다. 특히 남자 반 아이들의 반응은 폭발적이었다. 설문 조사 자체에 대한 반응이 아니라 이순정의 미모에 보내는 찬사라는 게 문제라면 문제였지만 말이다. 어쨌든 이순정은 우리 반에서 받아 보지 못한 환호를 남자 반에서 물릴 정도로 받았다.

"이지야, 순정아."

10반에서 설문 조사를 마치고 나오는데, 이윤미가 복도에서 기다리고 있었다. 낯빛이 심상치 않았다.

"문제가 생겼어. 학년 부장이 설문지를 봤대. 선생님들이 난리가 났나 봐. 우리 반에서 시작했다는 소리 듣고 주동자들 교무실로 오라는 거야. 어떡하지? 내가 갈까?"

이순정이 우려했던 일이 현실로 드러났다. 슬그머니 겁이 났다. 가슴이 두근두근 뛰었다.

"아니, 내가 갈게. 별일 없을 거야. 너희들은 교실에 가 있어."

이순정이 말했다. 동요하는 기색도 없이 침착하기 그지없었다.

"괜찮겠니?"

이윤미가 물었다. 이순정은 고개를 끄덕이더니 교무실 쪽으로 몸을 돌렸다.

"나도, 나도 같이 가, 순정아."

내가 나섰다. 겁은 나지만 이순정을 혼자 보낼 수는 없었다. 이 일은 엄연히 내가 시작한 일이었다. 그렇지 않더라도 이순정을 혼자 가게 버려두지는 않았겠지만 말이다.

"아니야. 혼자 가도 돼."

이순정이 나를 말렸다.

"괜찮아. 나도 같이 가."

나는 짐짓 씩씩하게 이순정의 팔짱을 끼며 말했다.

교무실 한쪽 교감 선생님 자리에 선생들이 모여 있었다. 교감, 학생 부장, 교무 부장, 학년 부장. 살벌한 분위기였다. 하나같이 인상을 잔뜩 찌푸리고 있었다.

가는 길에 쿨샘 자리를 지나갔다. 쿨샘은 우리를 힐끗 보더니 아무 내색 없이 다시 책상 위에 놓인 서류로 눈길을 돌렸다. 이순정과 나도 쿨샘에게 까딱, 목례만 하고 지나갔다. 이순정과 내가 다가가서 인사를 했지만, 아무도 받아 주는 선생이 없었다. 학년 부장이 먼저 입을 열었다. 우리가 작성한 설문지 한 장을 손에 들고 있었다.

"누가 시킨 짓이냐!"

학년 부장이 설문지를 팔랑팔랑 흔들며 물었다. 시킨 사람 없다고, 말하려는 순간 이순정이 내 팔을 슬쩍 찌르더니 입을 열었다.

"시킨 사람은 없습니다, 선생님."

매우 공손한 말투였다. 나는 잠자코 이순정이 하는 대로 지켜보기로 했다.

"이것들이 어디다 대고 이렇게 맹랑하게 굴어, 어!"

학생 부장이 치고 나왔다.

"배후가 없다고, 이게, 어? 이게, 배후 없이 가능한 일이냐고, 어? 너희 같은 찌질이들이 배후도 없이 이런 거 작성해서 배포하고, 그럴 능력이나 있어?"

학생 부장은 우리를 윽박지르는 척하면서 노골적으로 쿨샘을 째려보았다. 곁눈으로 힐끔 보니, 쿨샘이 쓰던 볼펜을 탁, 내려놓았다. 금세라도 자리를 박차고 일어날 기세였다. 그때, 이순정이 큰 소리로 말했다.

"배후가 있긴 있습니다!"

선생들이 눈을 휘둥그레 떴다. 쿨샘은 미동도 없이 앉아 있었다. 놀라기는 나도 마찬가지였다. 온 교무실의 눈길이 이순정에게 날아와 꽂혔다. 이윽고 이순정이 차분하게 입을 열었다.
 "사실 보충 수업은 저희가 원해서 듣는 게 아닙니다. 학교에서 들으라고 하기 때문에 듣는 거죠. 만약 보충 수업을 무료로 실시해 주셨다면 군말 없이 따랐을 거예요. 저희도 나쁜 과목 좋은 과목이 따로 있다고 생각하지 않습니다. 학교에서 배우는 과목은 다 좋다고 믿고 있고, 반드시 필요하니까 가르쳐 주시는 거라 믿습니다. 그런데 보충 수업은 다릅니다. 학교 정책에 따라서 돈을 내고 듣는 수업이에요. 선생님들께서도 아시다시피 우리 학교 학생들은 대부분 가난합니다. 빠듯한 형편에 보충 수업비 내는 일이 정말로 만만치 않습니다. 그런 형편이기 때문에 이왕 돈을 내고 받는 수업이라면, 정말로 보충해야 하는 과목을 듣고 싶은 겁니다. 우리 학교엔 돈이 워낙 없어서 학원을 가고 싶어도 못 가는 아이들도 많아요. 그런 아이들한테는 보충 수업이 학원이나 과외를 대신하는 중요한 수업이 될 수도 있습니다. 그런데 돈을 내고도 과목 선택권이 없다는 건 부당하다는 생각이 들었어요. 저희가 무조건 학교에서 정해 주는 과목을 들어야 한다는 걸 부모님들은 잘 모르십니다. 아시는 분들은 굉장히 속상해 하시죠. 그래서야 되겠느냐고 하십니다. 저희처럼 부모님한테 돈을 타서 쓰는 입장에서는, 그런 부모님을 생각해서라도 과목 선택권을 요구할 권리가 있다고 생각합니다. 굳이 배후가 누구냐고 물으신다면 부모님입니다."
 나는 속으로 입을 쩍 벌리고 말았다. 이순정이 그렇게 술술 말을 잘하는 줄 정말 몰랐다. 나만 놀란 게 아니었다. 선생들도 차마 대꾸를 못하고 입술만 지그시 깨물고 있었다. 곁눈질로 보니, 쿨샘은 다시 서류를 작성하고 있었다.

"부모님이라고?"

마침내 교감이 입을 열었다. 하지만 그 이상은 말을 잇지 않았다. 그 대신 손가락으로 책상을 한참 톡톡 두드리더니 이렇게 말했다.

"그래, 너희들 의견 잘 알았다. 선생님들이랑 의논해 볼 테니 그만 가 봐라."

교무실에서 나오자마자 나는 주먹을 꽉 쥐어서 흔들며 말했다.

"앗싸! 야야야야, 너 진짜 말 잘하더라. 봤냐, 봤어? 샘들 벌레 씹은 얼굴들 봤냐고! 너 어쩌면 떨지도 않고!"

"떨렸어."

이순정이 기어들어 가는 소리로 대꾸했다.

"진짜? 진짜 떤 게 그 정도야?"

"많이 떨렸는데, 떨리는 내 마음을 봤지. 떠는구나, 내가 떨고 있구나……. 그렇게 몇 번 마음을 받아 줬더니 안정이 되더라. 그리고 생각났어. 선생님들이 가장 신경 쓰는 사람이 누굴까."

"당근 부모님이겠지!"

이순정이 고개를 끄덕이며 씩 웃었다. 이순정, 이 아이, 대단한 전략가였다.

이틀이 지나갔다. 그동안 학교는 잠잠했다. 쿨샘도 아침저녁으로 교실을 드나들었지만 설문 조사에 대해서는 한마디도 언급하지 않았다. 그러던 이틀째 되는 날 종례 시간이었다. 쿨샘은 여느 날과 다름없이 간단한 전달 사항을 알려 주고는 심드렁한 표정으로 공지 사항을 꺼냈다.

"……참, 그리고 앞으로 보충 수업은 학생들이 원하는 과목 중심으로 시간표를 짜기로 했으니까 그리 알아라. 이상, 끝."

쿨샘은 그 말만 남기고 굳은 얼굴로 총총총 교실을 나가 버렸다. 우리는 모두 멍한 얼굴로 쿨샘이 닫고 나간 문만 쳐다봤다. 그런데…… 문이 다시 열리더니 쿨샘이 얼굴을 들이밀고 말했다. 장난기 가득한 목소리로 이렇게.

"으이그, 이 꼴통들! 하란다고 진짜 하냐. 냐하하, 완전 잘했다. 완전 잘했어, 이년들아. 으하하!"

그리고는 언제 그랬느냐는 듯 정색을 하고 교실을 죽 훑어보더니 문을 닫고 사라졌다. 이번에는 문이 다시 열리지 않았다.

"우와아아아아아!"

아이들이 그제야 박수를 치고 책상을 두드리며 소리를 질러 댔다.

"해냈다!"

"대박!"

"강이지, 너 다시 봤다. 이 기집애야!"

"이순정, 완전 쩐다. 진짜 잘했어!"

이번에는 이순정 이름도 여기저기서 터져 나왔다. 이순정도 고개를 살짝 숙인 채 빙긋이 웃었다. 나는? 아예 책상 위로 올라가서 두 발을 있는 힘껏 구르며 소리를 질렀다. 기분이 째진다는 게 어떤 맛인지 만끽하면서.

그날, 나는 한껏 뿌듯한 가슴을 안고 발걸음도 가볍게 집으로 갔다. 나한테도 세상을 바꿀 힘이 있다는 걸 확인한 날이었다.

그런데 집 안에 들어선 순간 내 부푼 가슴은 바늘에 찔린 풍선처럼 허망하게 꺼져 들었다. 다시 시작된 전쟁. 엄마 아빠의 고함 소리와 동생들의 울음소리. 닷새에 한 번꼴로 겪는데도 영원히 익숙해지지 않는 일. 나는 순식간에 두려움과 불안에 휩싸였다.

나는 여느 때처럼 동생들에게 달려가려다가 멈췄다. 그리고 심호흡을 했다. 이순정이 했던 말을 떠올리며 속으로 중얼거렸다. 내가 떠는구나, 불안하구나, 겁이 나는구나……. 쿨샘을 떠올리며 중얼거렸다. 싸우는 건 엄마 아빠의 문제, 지금 내가 할 수 있는 건?

나는 다시 한 번 숨을 크게 들이마신 뒤 동생들이 울고 있는 방으로 들어갔다. 그리고 최대한 침착하게 말했다.

"괜찮아, 애들아. 울지 마. 울지 말고 누나 말 잘 들어."

세 동생들이 훌쩍이면서도 나를 쳐다보았다. 나는 쌍둥이의 등을 토닥인 다음, 녀석들의 가슴에 내 손을 차례차례 얹어 주며 물었다.

"여기, 너희들 마음이 어떠니? 겁나지?"

셋이서 나란히 고개를 끄덕였다.

"겁나는 마음한테 속으로 말해 줘. 괜찮다고 말해 줘. 이제 곧 싸움 끝날 거니까 겁내지 말라고 말해 줘."

동생들이 물끄러미 나를 보았다.

"정말이야. 싸우고 나면 늘 괜찮아졌지? 엄마 아빠랑 사이좋게 밥 먹고, 놀러 가고 그랬지?"

"……."

"이번에도 그럴 거야. 지금은 속상한 일이 많아서 싸우시지만 내일은 괜찮아질 거야. 그러니까 너무 무서워하지 마. 알았니?"

"엄마랑 아빠랑 이혼한대, 누나……."

이호가 눈물을 훔치며 말했다. 나는 이호의 머리를 쓰다듬으며 말했다.

"안 해. 싸우니까 화가 나서 하는 소리야. 지금까지도 안 했잖아. 걱정 마."

"이번에는 진짜로 하면 어떡해?"

나는 잠시 말문이 막혔다. 내가 늘 걱정하는 문제이기도 했다. 지난번까지는 안 했지만 이번에는 하면 어떡하지? 밖에서 뭔가가 날아가 박살 나는 소리가 들렸다. 나도 모르게 귀를 막으려던 손을 다시 내려서 이호의 눈물을 닦아 주었다. 그리고 말했다.

"진짜로 하면…… 진짜로 하면 그건 그때 가서 생각해 보자. 누나가 좋은 생각을 해 낼게. 알았지?"

이호는 울음을 참으려고 입을 비쭉이며 고개를 끄덕였다. 오늘따라 볼이 홀쭉해 보였다. 나는 화장지로 눈물 콧물 범벅인 이호의 뺨을 닦아 주며 물었다.

"저녁은 먹었니?"

셋이 함께 고개를 가로저었다. 한숨이 절로 나왔다. 밖에서는 또다시 와장창 깨지는 소리가 났다. 쌍둥이가 다시 왕 하고 울음을 터뜨렸다. 나는 두근거리는 가슴을 진정시키려 애쓰며 동생들에게 말했다.

"얘들아, 엄마 아빠 싸우는 소리 듣고 있으면 무섭지? 무서우니까 우리 귀 막자. 이렇게 자기 귀는 자기가 막는 거야. 꼭 틀어막아. 그럼 괜찮아."

나는 동생들의 손을 잡아 올려서 각자의 귀를 막게 해 주었다. 이 생각을 왜 못했을까. 그동안 손은 두 개인데 동생들 귀는 여섯 개여서 죽는 줄 알았다. 녀석들은 내가 하는 대로 순순히 따랐다. 귀를 막으라고 했더니 하나같이 눈까지 질끈 감았다. 눈물이 핑 돌았다. 나는 입술을 질끈 깨물며 내 귀를 막았다. 이순정의 얼굴이 스쳐 갔다. 이순정이 좋은 방법을 알려 주었다. 나는 귀를 막고 생각했다. 이제 뭘 할까. 이제 무슨 일을 할 수 있을까. 오늘따라 유난히 홀쭉한 이호의 얼굴이 눈에 들어왔다. 나는 귀를 막은 손을 풀었다. 그리고 이호에게 한쪽 손을 내리게 한 다음 말했다.

"이호야, 동생들이랑 귀 꼭 막고 있어. 누나가 밥 줄게."

이호가 말똥말똥 나를 쳐다보았다. 나는 짐짓 아무렇지도 않은 표정을 지어 보이고는 다시 귀를 막아 주었다.

부엌으로 가는 데는 용기가 필요했다. 손바닥만 한 거실과 나란히 붙어 있는 부엌으로 간다는 건 전쟁터 한가운데로 곧장 들어간다는 의미였으니까.

"대체 너네 집에서 뭘 보고 배웠기에 이 모양이냐, 엉?"

아빠가 소리를 질렀다. 그러자 엄마는 더 발끈해서 날뛰었다.

"우리 집이 어때서, 우리 집이 어때서! 그러는 그쪽은 무능한 것만 보고 배운 모양이지!"

"뭐가 어째? 이게 그냥!"

선인장 화분이 벽에 부딪쳐 박살 났다.

나는 후닥닥 싱크대 앞으로 달려가서 라면을 꺼냈다. 냄비에 물을 받아 가스레인지에 올리며 속으로 중얼거렸다.

'라면, 라면 끓이자. 엄마 아빠는 싸우라지. 나는 라면 끓인다.'

라면 많이 먹으면 건강에 해롭다고 잔소리하는 엄마 모습이 떠올랐다.

'자식들 건강 걱정되면 싸움이나 그만하시지 그러세요, 어머니. 라면이라도 좋으니 굶기지를 마시든가…….'

비아냥거리고 났더니 후들거리는 가슴이 좀 진정되는 것 같았다. 엄마 아빠는 싸우는 데 열중해서 내가 라면을 끓이는지 죽을 끓이는지 안중에도 없었다. 나는 귀청이 떨어져 나갈 것 같은 고함 소리를 견디며 라면 끓이는 데만 집중했다. 수프 뜯고, 라면 넣고, 냄비 뚜껑 닫고, 김치 꺼내고…….

나는 다시 방으로 들어가서 동생들을 데리고 나왔다. 녀석들은 쭈뼛거리며 망설였지만, 나는 라면 냄새가 풍기는 식탁 앞으로 녀석들 등을 떠밀었다. 겨우겨우 세 녀석을 식탁에 앉히려는데, 리모컨이 날아와서 내 등을 쳤다. 소스라치게 놀라서 하마터면 주저앉을 뻔했다.

침착. 침착. 침착.

"엄마 아빠……."

나는 최대한 공손하게 말을 꺼냈다. 두 사람은 그제야 이쪽을 보더니 인상을 잔뜩 찌푸리며 나를 노려보았다.

침착. 침착.

"저기…… 싸우시는 건 좋은데요, 이쪽으로는 물건 던지지 마세요. 애들 라면 먹여야 해요. 열 시 넘은 지가 언젠데, 여태 쫄쫄 굶고 있잖아요? 그러니까 조심 좀 해 주세요."

"……."

"……."

엄마 아빠는 할 말을 찾는 표정이었지만, 기가 막혔는지 아무 소리도 못 하고 있었다. 나는 내친김에 한 발 더 나갔다.

"제 말은 끝났어요. 하던 일 계속하세요. 애들아, 라면 먹어. 배고프지?"

나도 이호 옆으로 가서 앉았다. 그리고 젓가락을 들었다. 동생들은 이쪽저쪽으로 눈을 굴리며 눈치를 보다가 슬그머니 라면을 먹기 시작했다.

잠잠했다.

우리 넷은 라면을 먹었다.

잠잠했다.

라면을 먹다가 살짝 고개를 돌려 거실을 보았다. 엄마 아빠가 정지 화면처럼 꼼짝 않고 서 있었다. 다시 라면을 먹었다. 아빠 발소리가 쿵쿵 났다. 나는 그쪽으로 고개를 돌렸다. 아빠가 신발장 위에 있던 담뱃갑을 집어서 밖으로 나갔다. 다시 라면을 먹었다. 엄마 한숨 소리가 들렸다. 고개를 돌렸다. 엄마가 손바닥으로 목덜미를 한 번 훑더니 주춤주춤 식탁 앞으로 다가왔다. 다시 라면을 먹었다. 엄마 목소리가 들렸다.

"오징어채 새로 볶아 놨어. 꺼내다 줘."

씩, 웃음이 나왔다. 나는 고개를 들었다. 그리고 내친김에 진짜 미친 짓 한번 하기로 했다.

"히! 엄마도 주까? 싸우시느라 배고프지, 우리 엄마?"

엄마가 픽, 웃음을 터뜨렸다. 동생들이 갑자기 후룩후룩 신나게 소리를 내며 라면을 먹었다.

역사적인 날이었다. 내가 생에 두 번째로 엄마 아빠의 싸움을 멈췄다.

에필로그
# 나의 존재감

"아, 배고프다! 오늘은 내가 쏠 테니까 떡볶이든 뭣이든 먹으러 가자!"

쿨샘이 시원스럽게 소리친다. 나도 배가 고프다. 마음 나눔이 끝나면 늘 허기진다. 마음이라는 게 가슴속이 아니라 지방질 속에 녹아 있나 보다. 그러니 그놈의 마음이란 걸 쏟아 내면 허기가 지지. 지방이 타는 건 아무튼 좋은 일이긴 하지만.

오늘은 독서 토론을 했다. 쿨샘이 추천한 책을 읽고 그 책에서 공감하는 내용을 뽑아 왜 공감하는지 이유를 얘기하는 거다. 어쩌면 공감하는 부분이 그렇게들 다른지. 어떤 애는 저랑 비슷한 마음이어서 눈물이 난다고 하고, 어떤 애는 비슷한 마음이어서 화가 난다고 하고, 또 어떤 애는 하도 재미있어서 깔깔 웃었다고 한다.

신기하다. 세상 사람들, 얼굴만 다 다른 줄 알았더니 마음도 다 다르다. 그러니 내 마음을 내 마음처럼 알아주는 사람 만나기는 다 틀렸다.

"진짜 샘이 쏘시는 거예요? 진짜 실컷 먹어도 돼요? 이 밤에 먹으면 다이어트에 지장이 있긴 하지만 뭐, 샘이 쏘신다는데 먹어 드리는 게 예의죠!"

강이지 신났다. 쟤는 요즘 들어서 더 방방 뜬다.

"먹어라, 먹어! 대출금과 박봉에 시달리는 이 샘이 사는 거니까 양념 한 방울 남기지 말고 다 먹어야 해, 이것들아. 단, 강제 사항 아님. 늦었으니까 집에 꼭 가야 할 사람은 가도 돼. 억지로 따라갈 필요 없어. 입 하나 줄면 돈 굳어서 좋지, 음하하."

왜 빠지나. 이럴 때는 묻어가는 게 좋다. 집에 가 봐야 별 뾰족한 수도 없고. 솔직히 쿨샘이랑 애들한테 묻어 다니는 거 은근 재미있다.

"샘, 죄송해요. 저는 오늘 저녁에 할아버지 제사라서 꼭 가야 해요. 할아버지 제사에 빠지면 아빠가 완전 서운해하시거든요."

어라? 송민경. 빠진다고? 내숭쟁이 저거, 제사 진짤까? 모르지, 남친이랑 약속 있는지도. 사람 마음을 어찌 알겠어. 이러면 오늘 모임에 안 나타난 애가 둘, 결국 다섯만 남는구나. 쿨샘까지 여섯, 아기자기한 분위기 되겠다. 차라리 잘됐네.

"알았어, 민경이는 가서 제사 잘 모시고, 어쨌든 다들 나가자. 배고파서 쓰러지겠다."

쿨샘, 저 몸매에 절대 안 쓰러진다. 하지만 왜 오늘 떡볶이 먹으러 가자고 하는지 안다. 순정이 때문이다. 이순정이 함께하는 마음 나눔 활동은 오늘로 마지막이다. 다음 주면 전학 간단다. 이순정을 그냥 보낼 쿨샘이 아니다. 이건 비공식적인 환송회인 거다.

전학 얘기 듣고 좀 놀랐다. 이순정, 잠수함 같은 애였다. 잠망경만 살짝 보일 때에도 보통내기가 아닌 줄은 알고 있었다. 막상 물 밖으로 모습을 드러내는데…… 와, 장난 아니었다. 아침 햇살을 받아 반짝이는 바닷물을 좌악 가르며 거대한 위용을 드러내는 잠수함 같았다고 할까? 진짜 미친 존재감이었다. 그런데 그 잠수함이 멋진 선체를 잠깐 보여 주고는 다시 물속으로 들어가는 느낌이다. 전학이라니…… 이 기분, 뭔지 모르겠지만 하여튼 묘하다.

밤공기, 참 좋다. 벌써 여름 냄새가 난다. 학교가 온통 꽃 천지더니 어느새 잎이 무성하다. 나뭇잎이 이렇게 예쁜 줄은 미처 몰랐다. 마구마구 파랗게 변해 가는 나무들이 볼수록 좋다. 꽃보다 남자? 흠, 오늘 밤은 꽃보다 초록이다. 아니, 초록보다 사람인가?

내 앞으로 다섯 사람이 걸어간다. 쿨샘, 강이지, 이순정……. 강이지, 이순정, 둘이 친해질 줄은 정말 몰랐다. 물과 기름처럼 전혀 안 어울리는 애들인데. 근데 둘이 환상의 콤비를 이루었지 뭔가. 강이지가 그런 생각을 해냈다는 게 지금도 믿어지지 않는다. 하긴, 생각이야 누구나 할 수 있지. 나머지는 이순정이 다 한 거나 마찬가지다. 강이지는 아무리 생각해도 머리를 쓰는 일과는 거리가 멀다. 아니다. 솔직히 말하면 이번에 강이지도 좀 멋있었다. 이러다 진짜 경찰 되는 거 아닌지 모르겠다. 살짝 어울릴 것 같기도 하다.

"야! 저거, 저거, 또 멍때리고 있지! 쟤는 걸어 댕기면서도 멍 때린다니까! 빨리 안 와, 이 굼벵아!"

쿨샘이 소리친다. 어느새 떡볶이 포장마차네? 뛴다. 네, 네. 갑니다, 가요. 쿨샘 말이 어느 정도는 맞다. 내가 멍을 심하게 때리는 경향이 있긴 하다. 그리고 멍때리는 것과 행동이 느린 건 상관관계가 있다. 마음이 지방질 속에 마블링처럼 스며 있다면 멍, 그러니까 잡생각이라는 건 머릿속에 들어 있다. 그런데 사람에 따라서 이 멍의 양이 차이가 난다. 나 같은 경우는 아예 머릿속이 꽉 찰 정도로 많다.

머릿속이 뭔가로 가득 차 있으니 당연히 몸이 무거워질밖에. 다른 사람, 그러니까 강아지같이 단순한 애가 플라스틱 헬멧을 쓰고 다닌다면, 나는 무쇠 철모를 쓰고 다니는 거나 다름없다. 그러니 굼뜨다느니 느리다느니 하는 소리를 귀가 따갑도록 들을 수밖에.

그 사실을 최근에야 깨달았다. 쿨샘이 나한테만 특별히 처방 내린 '생각 일지'를 쓰다가 문득 계시처럼 깨달은 거다. 쿨샘 말이 맞았다. 지구 돌아가는 소리는 너무 커서 못 듣는다는 말. 일지를 쓰면서야 알았다. 그것도 한참이나 쓴 뒤에. 지나간 일지를 죽 훑어보니 내 머릿속에는 정말로 생각이 너무 많았다. 너무 많아서 잠시도 어느 한 생각에 머물지 못했다. 그러니 결국 멍……. 멍이나 때리게 되는 거다. 그러나 알았다고 해서 금세 머리가 싹 비워질 리 없다. 그냥 내가 생각이 많다는 걸 이제는 안다는 데 의미가 있다. 스무 해 가까이 멍을 때려 왔는데 하루아침에 멈출 수 있겠나? 그것도 나름 관성의 법칙이 적용되는 거다.

떡볶이, 순대, 어묵, 잔치국수, 김말이, 오징어튀김……. 와, 쿨샘 오늘 진짜 제대로 쏘는구나. 튀김은 피해야겠다. 눈앞에 이 많은 걸 두고 안 먹을 수는 없고, 그래도 뱃살에 대한 예의는 지켜야 한다. 튀김만은 안 된다.

명색이 운동하는 사람 아닌가. 아무도 모르지만 나 요즘 운동한다, 흐흐. 학교 갈 때 15분, 집에 갈 때 15분, 도합 30분을 걷는다. 난생처음으로 하는 운동이다. 무용가는 못될지언정 굼뱅이로 살지는 않겠다는 굳은 결심으로 시작했다. 근데 튀김 하나면 사흘 걸은 게 말짱 꽝이다. 아, 그런데 튀김이 제일 맛있어 보인다. 쩝…….기집애들, 잘도 먹는다. 먹어도 먹어도 살 안 찌는 것들은 대체 무슨 복을 타고 났을까.

"메일 주소 좀 적어 줘. 가서 메일 할게."

이순정이 수첩을 꺼내며 말한다. 그러고 보니 내 옆에 앉아 있었네? 진심으로 나한테까지 주소를 받고 싶을까마는 옆에 앉은 죄로 그냥 지나칠 수는 없었겠지.

"나……도?"

"응. 왜, 싫어?"

"아니, 아니야, 싫긴…….""

나는 격하게 도리질을 친다. 난 또 지가 싫을까 봐 그랬던 거지. 나한테까지 보내 준다면야 감사할 일이다. 또박또박, 잘 알아보도록 적어 준다.

"여보세요? 예, 선생님……. 네? 정말요? 아니, 어떻게……."

쿨샘이 전화를 받는다. 근데, 낯빛이 심상치 않다. 아귀처럼 먹어 대던 애들도 분위기 파악하고 젓가락을 놓는다.

"예, 예. 알겠습니다."

쿨샘이 전화를 끊는다. 땅이 꺼지게 한숨을 쉰다. 모두 아무 말 없이 쿨샘 얼굴만 본다. 무슨 일이지? 궁금하다. 쿨샘이 끙, 신음 소리를 내더니 드디어 입을 연다.

"얘들아, 또 터졌단다."

"……?"

"그거, 유리, 학교 유리 또 깨졌대."

순식간에 분위기가 얼어붙는다. 나도 가슴이 덜컥 내려앉는다. 와장창, 소리가 귀에 들리는 것 같다. 오싹, 소름이 돋는다. 한편으로는 전혀 상반된 느낌 하나가 고개를 내민다.

"에? 30분 전까지만 해도 괜찮았잖아요."

강이지가 말한다.

"그사이에 사단이 났대. 어디 숨어서 학교가 비기를 기다리고 있었나 봐."

어둠 속에서 초조하게 빛나는 눈동자가 보이는 것 같다.

"이번에도 왕창 깨진 거예요?"

강이지가 또 묻는다.

"아니, 깨다가 걸렸나 봐. 당직한테. 그래도 그 잠깐 사이에 엄청나게 깼대."

"잡았대요, 범인?"

다들 침을 꿀꺽 삼키며 쿨샘 입을 본다. 나도 마찬가지다.

"놓쳤대. 소리 듣고 쫓아갔는데 벌써 날랐대."

'휴.'

내가 왜 이러지? 안 잡혔다는 소리에 가슴을 쓸어내리다니. 헉, 나만 그런 게 아니다. 애들도 다 안도하는 분위기다.

"왜? 안 잡혔다니까 좋냐?"

쿨샘이 노려보는 시늉을 하며 묻는다. 딴 때 같으면 피식피식 웃을 애들이 잠잠하다.

"솔직히 말해서 속이 다 후련해요. 다 못 깨고 걸린 게 아까울 지경이에요."

이순정이 말한다. 다른 애들도 고개를 끄덕끄덕한다. 그거였다. 후련한 거. 나도 속이 다 후련했다. 나 지금 대리 만족하는 거냐? 나한테도 그런 충동이 있었나?

"안 잡혀서 다행이에요. 이번에도 감쪽같이 숨었으면 좋겠어요. 그게 지금 제 마음이에요."

강이지가 말한다. 이상하다. 내 마음도 그렇다. 강이지 말에 100퍼센트 동의한다. 애들 표정이 진짜 심각하다. 비장해 보이기까지 한다. 쿨샘이 우리 얼굴을 하나하나 훑는다. 그러다가 나를 보면서 묻는다.

"너는? 너도 그래?"

갑자기 나를 보면서 묻는다.

"저…… 저…… 아무튼 이걸로 우리 반 강이지랑 이순정은 결백하다는 게 증명됐네요……."

아뿔싸! 갑자기 물으니 이런 어처구니없는 대답이 나가는 거다. 이것도 생각이 너무 많은 사람이 가지는 단점이다. 생각이 너무 많다 보니 가끔 통제할 수 없이 입 밖으로 비어져 나와 버릴 때가 있다. 이건 속으로만 간직했어야 하는 말인데. 철저히 보안을 지켰어야 했는데. 곤란하게 됐다. 내가 강이지랑 이순정을 의심하고 있었다는 게 만천하에 드러나 버렸다. 이 난국을 어떻게 헤쳐 나갈 것인가…….

어라? 근데 다들 픽픽 웃는다. 별로 기분 나쁘지 않은 모양이다. 뭐야, 나만 그렇게 생각했던 게 아닌 거야?

"맞네. 이번엔 알리바이가 확실하네……."

이순정이 말한다. 젓가락으로 떡볶이를 툭툭 건드리면서. 그러다가 쿨샘한테 묻는다.

"선생님은요? 선생님 마음은 어떠세요?"

"나? 내 마음……."

쿨샘이 뜸을 들인다.

"내 마음은…… 아프다."

쿨샘, 진짜 마음이 아픈가 보다. 얼굴에 그렇게 씌어 있다. 이순정이 다시 입을 연다.

"선생님이 처음에 마음 일기장 나눠 주시면서 했던 말, 이제 알 것 같아요."

"무슨 말 했는데, 내가?"

"부수지 말고, 망가뜨리지 말라고 하신 말씀……."

뭔 소리래?

쿨샘이 이순정을 보더니 집게손가락으로 이순정 가슴팍을 쿡쿡 찌르며 말한다.

"그래, 이년들아. 이거, 이거 이 몸 좀 부수지 말고, 여기, 여기, 이 안에 있는 마음, 제발 그만 좀 망가뜨리라고 한 소리다. 알았다니 다행이고!"

대체 뭔 소리들이래. 뭐, 둘만의 사연이 있나 보다. 하긴, 나도 쿨샘과 나만 아는 사연이 있는데 뭘. 이럴 땐 공연히 나설 필요 없다. 하여튼, 내일부터 또 땍땍거릴 학생 부장 생각하면 골이 지끈지끈 울리지만, 강아지 말마따나 다 못 깨고 달아난 게 안타까울 뿐이다. 어쩌다가 내가 이렇게 파괴적인 인간이 됐는지 모르겠다만, 솔직히 내 마음이 그런 걸 어쩌라고.

가만, 이 사건 어쩌면 영원히 안 풀릴지도 모른다는 강한 예감이 든다. 범인은 신출귀몰한 녀석이라는 예감도. 그 녀석 어쩌면 홍길동처럼 분신술을 할지도 모른다. 몸이 열 개, 백 개로 막 불어나는 분신술. 제발 그랬으면 좋겠다. 그래서 나락 고등학교의 레전드로 남았으면 좋겠다.

"당분간 학교 분위기 안 좋을 거다. 한 번도 아니고 두 번씩이나 이런 일이 생겼는데 좋을 리가 없잖어."

쿨샘이 입을 연다. 다들 샘만 쳐다본다.

"배나무 밑에서는 갓끈 고쳐 매지 마라. 니들도 알지? 이럴 땐 선생님들 심기 날카로우니까 괜히 건드리지 마. 복장 단정히 하고.

휴대폰 걸리지 말고. 아무것도 아닌 걸로 걸려서 혼나면 니들 마음만 다치잖아. 후련하다는 표시 노골적으로 내지 말고, 알았어?"

"네……."

다들 기어 들어가는 소리로 대답한다. 내일부터 닦달당할 생각을 하니 아닌 게 아니라 암담하다.

"으이그…… 그놈도 참……. 먹어, 내일 일은 내일 생각하고, 일단 먹던 거나 먹어들."

쿨샘이 말한다. 문득, 쿨샘이 말한 그놈이 누군지 알 것 같다. 그놈 진짜 홍길동일 거다. 진짜로 몸이 열 개, 백 개로 막 불어나는 분신술을 하는 홍길동. 아니, 분신술을 쓸 수밖에 없는 놈. 이름 없는 놈, 아니 놈들. 이름이 없어서 싸잡아 홍길동이라고 불러야 하는 놈들.

범인은 한 녀석이 아닐 거라는 사실을 퍼뜩 깨닫는다. 그렇다면 지난번 범인과 이번 범인은 같지 않을 거다. 그리고 혹, 다음 범인이 있다면 그놈도 다를 거다. 근거가 뭐냐고? 내 마음, 그리고 지금 여기 같이 앉아 있는 이 아이들의 마음이다. 학교 유리가 깨졌다는 소식에 후련함을 느끼는 이 마음들 말이다. 범인에게 심정적으로 동조하는 이 위험한 인간들의 마음 말이다.

그리고 보면 강이지와 이순정도 아직 용의자다. 지난 사건의 용의자. 다만 둘은 이번 사건 용의 선상에서 벗어났을 뿐이다. 두 아이가 이번 사건의 용의 선상에서 벗어난 데에는 쿨샘의 역할이 컸다. 마음 일기가 없었다면 둘 중 하나가, 아니 우리 중 하나가 이

번 사건의 진범이 되었을지도. 그렇게 따지면 범인을 잡을 수 있는 사람은 학생 부장이 아니라 쿨샘인지도 모른다. 마음 일기, 어쩌면 내가 아는 것보다 훨씬 더 강력한 힘을 가진 도구다. 이런 '예리한' 추측을 해내다니……. 후훗, 이럴 때 보면 나도 꽤 이름값을 한다.

아이들이 다시 젓가락질을 시작했다. 그러나 깨작깨작. 다들 생각이 많다는 증거다.

"근데, 너 진짜 닮았더라?"

누구? 나? 이순정이 나를 보고 있다. 나만 들으라는 듯이 조그만 소리로 말한다. 지금 이순정이 나한테 말을 건 거니?

"그림 말이야. 미술실 앞에 있는 거. 김예리, 너랑 완전 닮았던데?"

"너……도 봤니?"

"응, 봤지. 우리 반에 그거 안 본 사람 있나?"

아, 이럴 땐 어떤 표정을 지어 줘야 하나. 쑥스럽기 짝이 없다. 천하의 카리스마, 미친 존재감, 이순정까지 그 그림이 궁금했단 말이야? 나랑 닮았는지 안 닮았는지 알고 싶었단 말이지? 지금 그럴 분위기 아닌데 기분 괜찮다. 그래, 그 그림 덕분에 우리 반에서 나 모르는 사람 없다, 이제.

"다 먹었으면 일어나자. 이 샘이 심히 피곤하다."

쿨샘, 진짜 피곤해 보인다. 애들이 엉거주춤 따라 일어선다. 이순정 환송회는 이렇게 끝나는 건가? 야릇한 이 마음은 뭘까? 어쩐지 서운한데? 그렇구나. 서운함이구나. 이순정이 떠난다고 하니

서운하구나. 아까부터 드는 묘한 기분이 이거였구나. 정들자 이별이라더니……. 맞다! 그동안 이순정이랑 정이 들었구나.

"야, 이놈의 기집애! 김예리! 너 또 멍때리고 있지, 빨리 안 나와!"

쿨샘이 소리친다.

허걱, 언제 다 나갔대?

"김예리, 가자!"

"워워, 김예리!"

애들이 너도나도 내 이름을 불러 댄다.

김예리, 김예리, 김예리……. 내 이름이 이렇게 자주 불린 적이 있었나? 누가 내 이름을 이렇게 많이 불러 준 적이 있었나? 그래, 인정한다. 나 김예리, 존재감이란 거 조금은 생긴 것도 같다. 진짜 영양가는 없지만.

근데 참 사람 마음이 간사하다. 존재감이라는 게 생기고 나니 이게 별건가 싶다. 아무도 안 알아주면 어때서. 아무도 안 알아주면 까짓것 나라도 알아주면 되지.

작가의 말

세상에는 나눌 수 있는 게 많다. 물질을 나누고, 기쁨을 나누고, 슬픔을 나누고……. 그 가운데서도 요 몇 년 새 내가 가장 나누기 좋아하는 건 마음이다. 마음을 나누다 보면 눈에 보이지는 않지만, 내가 얻는 게 뜻밖에도 많기 때문이다.

나눔은 종류가 무엇이든 상대가 필요하다. 마음 나누기도 마찬가지다. 마음을 꺼내 놓고, 공유하고, 서로 얻기 위해서는 적어도 한 사람 이상의 상대가 필요하다. 마음공부를 시작하면서 그런 상대가 되어 줄 좋은 친구들을 많이 만났다. 그 가운데 하나가 고등학교에서 학생들을 가르치는 장혜진 선생이다. 사적으로 보자면 장혜진 선생은 내 사촌 동생이니 서로 알고 지낸 지 오래된 사이다. 게다가 나이 차가 꽤 많이 나는 자매이다 보니, 나는 자연스레 혜진이의 인생을 줄곧 지켜봐 왔다.

내가 아는 혜진이는 무척이나 발랄하고 유쾌한 사람이다. 언제 어디서나 주변 사람들을 배꼽 잡고 웃게 만드는 재주를 지녔으며, 춤과 노래로 좌중을 휘어잡는 매력이 있다. 거침없다 못해 거칠기까지 한 말들을 쏟아 내기 일쑤지만, 그것이 기분 나쁘기는커녕 신나는 노랫가락처럼 흥을 돋운다.

그런 혜진이가 선생님이 되었다. 무척 잘 어울리는 직업이었다. 밝고 유쾌한 평소 성격 그대로 권위 의식을 버린 채 학생들과 만났고, 수업도 재미있게 이끌어 가는 것 같았다. 혜진이의 이야기를 듣다 보면 '나도 저런 선생님한테 배워 보고 싶다'는 엉뚱한 마음이 들기까지 했다.

그런데 어느 날부턴가 혜진이가 힘든 기색을 내보이기 시작했다. 마음이 아프다고 했다. 어려운 가정 형편이나 이런저런 심리적 부담감 때문에, 스스로를 주체하지 못하고 파괴적인 모습을 보이는 학생들 때문이었다. 그런 아이들을 교사로서 근본적으로 도와주지 못해서, 현실적 한계 때문에 깊이 관여할 수 없어서 안타깝고 힘들다고 했다. 너무 힘든 나머지 울면서 전화하는 일이 잦아졌다. 그렇게 마음을 다치는 일이 많아지더니 몸까지 아프기 시작했다.

비슷한 시기에 나도 몸과 마음이 많이 지쳐 있었다. 몸보다 마음이 더 힘들어서, 좋은 병원을 찾듯이 마음을 치유할 수 있는 방법을 찾아다녔다. 그렇게 마음공부를 시작했고, 곧이어 혜진이도 함께하게 되었다.

앞서거니 뒤서거니 마음이라는 걸 붙잡고 씨름하는 사이, 혜진이와 나는 나이 차를 뛰어넘어 친구가 되어 갔다. 그리고 틈만 나면 서로 마음을 나누었다. 그사이 혜진이가 살면서 겪었던 일들, 그 일들 때문에 상처받은 마음들을 조금씩 알게 되었다. 밝고 유쾌한 성격 뒤에 감쪽같이 숨어 있던 속마음들이었다. 나 또한 나도 미처 모르던 내 마음들을 혜진이 앞에 내놓았다. 그때마다 서로 '그랬구나!' 하며 고개를 끄덕였다.

지난해 여름 어느 날도 혜진이와 마주 앉아 마음 나누기를 했다. 이번에는 좀 색다른 나누기였다. 힘들어하는 아이들 때문에 더 힘들어하던 혜진이가 그 아이들과 마음 나누기를 한 경험에 대한 이야기였다. '마음 일기'라는 수단을 통해 아이들의 마음을 치유해 보고자 한 시도에 대해서였다.

마음 일기를 쓰면서, 그리고 틈틈이 모여 서로 속마음을 털어놓으면서, 아이들은 꽁꽁 숨겨 놓았던 모습을 내비치기 시작했단다. 나는 전해 듣는 처지였지만 사뭇 의외이고, 또한 사뭇 감동스러웠다.

 그날 나는 이른바 '요즘 아이들'에 대한 내 평가가 순전히 오해였다는 사실을 알게 되었다. 나는 요즘 아이들이 아무데서나 욕설을 툭툭 내뱉고 어른한테 버르장머리 없이 구는 되바라진 녀석들인 줄만 알았다. 부족한 것 없이 귀하게만 자라서 아쉬울 것도 없고, 아픔이 뭔지도 모르는 줄만 알았다.

 그런데 아니었다. 그 녀석들의 마음을 한 겹만 들춰 봐도 아니라는 걸 금세 눈치챌 수 있었다. 거칠고 당당하기만 할 것 같은 아이들 대다수가 남모르는 상처를 안고 있었고, 세상 그 누구보다 여린 마음을 지니고 있었다. 엄마를 걱정하고 아빠를 염려하느라 전전긍긍하고 있었다.

 아이들의 상처는 낯익었다. 내가, 혜진이가 싸안고 끙끙 앓던 것들과 크게 다르지 않았다. 어쩌면 세상 사람 모두가 앓고 있지만, 저마다 혼자만 겪는 일일 거라고 오해해 온 해묵은 상처들. 아이들은 마음 일기와 마음 나누기를 통해 그런 상처들을 조금씩 내놓고 있었다. 제 상처는 물론 다른 친구들의 상처를 함께 들여다보고, 함께 눈물 흘리고, 함께 격려하면서, 서서히 치유를 해 나가고 있었다. 힘들어하는 아이들을 지켜보다가 걸핏하면 눈물을 쏟던 장혜진 선생도 아이들과 소통할 새로운 돌파구를 열어 가고 있었다.

이 책은 바로 그 아이들에 대한 이야기다. 가공한 이야기를 덧씌웠지만, 가만히 들여다보면 지금 이 순간에도 도처에서 실제로 벌어지고 있는 일들을 그린 것이다.

또한 '학교는 모르겠으나 학생은 정말이지 사랑하는' 선생님들의 이야기이기도 하다. 학교 현장에서 학생들 때문에 가슴 아파하고 눈물 흘리는 선생님들의 진심을 '쿨샘'을 통해 드러내고 싶었다.

그리고 무엇보다도 이 책은 내 이야기이기도 하다. 내 상처가 세상에서 가장 크고 무겁다고, 내 자신이 부끄럽고 창피하다고, 잔뜩 웅크리고 도사렸던 나, 그리고 나와 닮은 사람들의 이야기.

나는 아직도 '마음'에 대해서 모르는 게 많다. 하지만 몇 가지는 알고 있다. 마음은 늘 '나'라는 주인이 자상하게 들여다봐 주기를 바란다는 것, 가만히 아는 체만 해 주어도 괴로움이 훨씬 줄어든다는 것, 내 마음뿐 아니라 다른 사람의 마음도 나와 크게 다르지 않다는 것, 그래서 서로 나누면 통증이 가시고 가벼워진다는 것, 그래서 나만의 문제라 여기고 외로워할 필요는 없다는 것…….

그리고 어렴풋한 짐작을 넘어 확신하는 게 있다. 마음 안에 진정한 자유와 행복의 열쇠가 들어 있다는 것. 이 책을 읽는 모든 이들이 그 열쇠를 찾을 수 있기를 진심으로 바란다.

끝없이 갈팡질팡하는 마음과 제대로 직면하도록 안내해 주시는 스승님, 같은 길을 한결같은 모습으로 걸어 주는 길벗들에게 감사한다. 아울러 장혜진 선생과 함께 학생들을 마음으로 보듬으려 애쓰는 '교사정토회' 선생님들의 열정에 경의를 표한다.

2011년, 박수현

추천의 글

《열여덟, 너의 존재감》은 발랄하고 유쾌하지만 슬픈 소설이다. 10대는 발랄함과 슬픔이 공존하는 역설의 시기이다. 풍족함 속에서 고생을 모르고 자라난 '생각 없는 10대'라고들 하지만, 오늘날에도 10대는 분명 슬픔의 시기요, 아픔의 시기이다. 나는 누구인가, 도대체 어떻게 살아야 할까, 내 미래는 어떨까…… 수많은 의문이 떠오르지만 속 시원한 답을 찾을 수 없는 나이가 10대이다. 아는 것도 적고, 가진 것도 없으며, 뚜렷한 소신도 주관도 부족하기 때문이다.

가족은 따스한 사랑의 보금자리라고 하지만 가족과의 관계는 소원할 때가 많고, 친구들조차도 피곤한 경쟁 상대일 경우가 허다하다. 대체 어디에다 내 슬픔과 아픔을 속 시원히 털어놓을 수 있을까. 가정도 학교도 진정한 소통의 공간이 되지 못할 때, 오늘의 10대들은 휴대폰과 인터넷이라는 커뮤니케이션 기기에 습관적으로 매달린다. 마치 거기에 자신들을 위로해 줄 누군가가 기다리고 있다는 듯.

이런 아이들 앞에 발칙한 언어를 구사하는, 그러나 아이들의 슬픔과 아픔을 헤아릴 줄 아는 선생님이 온다. 쿨 선생! 입은 좀 걸지만,

그녀는 충분히 매력적이다. 사람이 사람의 마음을 읽고, 거기에 밑줄을 그어 주는 것, 그것이 바로 관계의 시작이자 치유의 시작이 아닐까. 치유는 스스로의, 그리고 서로의 마음을 읽는 데서 시작된다는, 그 간단한 사실을 쿨 선생은 우리에게 가르친다. 대한민국 교실에 쿨 선생이 가진 사랑의 힘과 치유의 힘이 가득하기를 진심으로 바라 마지않는다.

-김보일(배문고 교사)


 아, 놀랍다! 상큼 발랄한 친구를 만난 느낌이다. 눈이 조금 아리긴 했지만, 가슴 한구석이 무척 따뜻해진 느낌이다. 성장 소설을 읽으면서 두 가지 경험을 하면 나름 최고로 여기는데, 이 소설을 읽으면서 그 두 가지를 모두 경험했다. 하나는 단번에 읽어 버렸다는 것이고, 다른 하나는 마음속 깊은 곳에서 무언가 뭉클하게 올라오는 느낌이 일었다는 것이다.
 특히 쿨샘의 대사는 그 별명 그대로 쿨하게 다가왔다.

"좋은 마음이든, 싫은 마음이든, 억누르면 사라지는 게 아니라 숨어 있는 것뿐이야. 억눌린 건 언젠가는 터지지. 근데 이 마음을 없애는 방법이 있어. ……마음을 알아주는 거야. 싫은지 좋은지, 슬픈지 기쁜지, 그때그때 알아주는 거."

내 마음을 어찌지 못해 힘들어하는 청소년들이 꼭 이 책을 읽었으면 좋겠다. 아울러 지금 본인이 처해 있는 현실 속에서 옳고 그름을 판단하고 행동할 수 있는, 살아 있는 인간으로 성장하고 싶은 청소년에게 시쳇말로 '강추'하고 싶다.

—주상태(중대부중 교사)

열여덟, 너의 존재감

ⓒ 박수현, 2011

초판 1쇄 발행 2011년 11월 28일
초판 25쇄 발행 2023년 9월 10일

펴낸이 박종암 | 펴낸곳 도서출판 르네상스
출판등록 제2020-000003호
주소 전남 구례군 구례읍 학교길 106, 201호
전화 061-783-2751 | 팩스 031-629-5347
전자우편 rene411@naver.com

ISBN 978-89-90828-54-5 43810

이 책은 저작권법에 따라 보호받는 저작물이므로 무단 전재와 무단 복제를 금합니다.
이 책 내용의 전부 또는 일부를 사용하시려면 반드시 저작권자와 출판사의 동의를 받아야 합니다.